Anne Barns

Wo du mich findest

Roman

HarperCollins

1. Auflage 2023
Originalausgabe

Gesetzt aus der Stempel Garamond LT Pro
von Pinkuin Satz und Datentechnik, Berlin
Druck und Bindung von CPI Books GmbH
Printed in Germany
ISBN 978-3-365-00266-7
www.harpercollins.de

Klimaneutral
Druckprodukt
ClimatePartner.com/15109-2009-1001

MIX
Papier | Fördert gute Waldnutzung
FSC® C083411
FSC
www.fsc.org

Das Buch ist für dich

1.

Das erste Mal traf ich dich in Dahlmanns Bazar, dem Büchercafé, das immer sehr gut besucht ist. Ich hatte mir einen Kaffee zum Mitnehmen geholt, wollte gerade gehen. Plötzlich warst du da, bist über die Hundeleine gestolpert, die ich fest in der einen Hand hielt, in der anderen den Becher. Ich sehe den großen braunen Fleck auf deinem hellblauen Hemd noch vor mir und dein zaghaftes Lächeln.

»Verzeihung«, sagtest du.

Nur das eine Wort.

Dabei war ich diejenige gewesen, die nicht aufgepasst hatte.

»Es tut mir leid. Das war meine Schuld.« Ich hatte dir die heiße Flüssigkeit auf die Brust geschüttet. »Wie kann ich das wiedergutmachen?«

»Es ist nur ein Fleck, nur ein Hemd.« Du hast mir flüchtig in die Augen gesehen, eine leichte Verbeugung angedeutet und bist zur Tür hinausgegangen.

Ich schaute dir nach, den warmen Klang deiner Stimme im Ohr, untermalt mit einem leichten Akzent, den ich nicht einordnen konnte.

»Passen Sie gefälligst auf Ihren Hund auf!«, schimpfte eine ältere Dame und lenkte mich von dir ab.

Die Leine hielt ich nun zu lose. Lotte hatte ein paar größere Kuchenkrümel auf dem Boden entdeckt und war quer durch den Raum marschiert.

Zum zweiten Mal entschuldigte ich mich und verließ das Café mit einem halb gefüllten Becher.

Am nächsten Morgen kam ich wieder, setzte mich an einen Tisch am Fenster. In den letzten Tagen war das Wetter grau gewesen, und der Regen hatte das Kopfsteinpflaster der Straßen in eine endlose Seenlandschaft verwandelt. Heute wärmte strahlender Sonnenschein die Gemüter, auch meins. Eine Woche Rügen, lange Spaziergänge am Meer, durchatmen. Ich beobachtete die Menschen, die draußen am Laden vorbeischlenderten. Gut gelaunt, mit entspannten Gesichtern, bummelten sie durch die Sassnitzer Altstadt.

Ich folgte ihnen in Gedanken, ließ mich treiben im Strom der Besucher zwischen leuchtend weißen Bädervillen.

An diesem Tag ging es mir gut. Die Schwere der letzten Wochen hatte sich gelichtet. Ich konnte mich über die kleinen Dinge im Leben freuen. Den perfekten Milchschaum auf dem Kaffee. Den zarten Schmelz der herbsüßen Trüffelpraline, die die Bedienung an den Tisch brachte. Das Buch, das ich gerade gekauft hatte. Und der erste besondere Satz, der sofort Bilder in mir entstehen ließ, Gerüche.

Ich konnte den Wald riechen, las ich, trank Cappuccino und vergaß alles um mich herum. Auch dich.

Bis zu der Nacht, in der du mich zum ersten Mal besuchen kamst.

Wochen später

Die Sonne war bereits untergegangen, der Himmel blau, wolkenlos. Die besondere Stunde zwischen Abend und Tag, nicht mehr hell und doch noch nicht dunkel. Über dem Fluss lag ein sanfter Schimmer. Ein Frachter schob sich behäbig durch das Wasser. Auf der Wiese saßen junge Leute beisammen, tranken Wein aus Plastikbechern, lachten. Ein Liebespaar auf der Parkbank am Wegesrand, Hand in Hand.

Ich senkte den Blick. Neben mir trottete Lotte. Wir waren zu einem Spaziergang entlang der Elbe aufgebrochen. Ohne Thomas, wie so oft in den letzten Wochen. Nicht zu reden, mich nicht erklären zu müssen, verschaffte mir die Erleichterung, die ich in seiner Gesellschaft nicht fand. Ich fühlte mich erschöpft. Selbst die Dinge, die ich nicht tat, erschöpften mich.

Ich bückte mich und hob einen Stock auf, der im Gras lag. Sofort erwachte Lotte aus ihrer Lethargie, die Augen auf mein Fundstück geheftet.

Bei der Birke fiel die Böschung flach ab. Ich warf den Stock, beobachtete, wie Lotte sich durch das Wasser kämpfte. Während sie davonpreschte, dachte ich an Rügen. Den einen Tag, an dem ich geglaubt hatte, endlich wieder etwas zu fühlen. Den Rest der Welt vergessen zu können, der mich hier bei jedem Schritt verfolgte.

Die blaue Stunde war vorbei, als wir wieder zu Hause ankamen.

»Hast du sie noch mal ins Wasser gelassen?« Thomas rümpfte die Nase.

»Er hat recht, du stinkst.« Ich griff zum Handtuch, das ich für Lotte bereitgelegt hatte, rubbelte sie ab, sah ihr nach, wie sie zu ihrer Decke schlich, sich seufzend darauf niederließ.

Eine Viertelstunde später lag ich neben Thomas im Bett. Zu wach, um die Augen zu schließen, zu ermattet, um noch einmal aufzustehen und zu arbeiten. Um halb zwei sah ich das letzte Mal auf die Uhr. Dann schlief ich ein.

Durch den frostigen Apfelbaum vor meinem Fenster hat sich die Wintersonne ihren Weg in mein Arbeitszimmer gebahnt.

Die Ärmel der viel zu großen grauen Strickjacke habe ich hochgeschoben. Ich sitze im Schneidersitz auf dem alten Bürostuhl vor dem Schreibtisch. Meine Hände sind kalt, so wie die Tasse Kaffee neben dem Notebook. Ich habe mich in den Text vertieft, die Wörter tanzen vor meinen Augen.

Bis ich höre, wie sich der Schlüssel im Schloss dreht. Ich lausche den Schritten auf den knarzenden Dielen, warte. Du kommst zu mir, legst deine Hand auf meine Schulter. Ich lege meine Hand auf deine und wache auf.

Neben mir schlief Thomas, ahnungslos, während ich verwundert der Selbstverständlichkeit und der Vertrautheit nachspürte, die ich für einen Augenblick mit dir erlebt hatte. Noch immer fühlte ich die Wärme deiner Hand auf meiner Schulter.

Mondlicht erhellte das Zimmer. Ich betrachtete meinen Mann. Er lag auf dem Bauch, das Gesicht von mir abgewandt, ein Bein angewinkelt, den Kopf auf den Ellbogen gebettet, den Arm ausgestreckt. Sein Atem ging tief und gleichmäßig.

In der Ferne das Rauschen der Autobahn. Unablässig, wiederkehrend, wie die Wellen des Meeres, das mir fehlte.

Hier unter dem Dach hatte sich die unerträgliche Wärme der letzten Tage gesammelt. Sicher hatte ich deswegen von der Kühle des Winters geträumt.

Aber warum von dir?

Dein Gesicht erschien in meinen Erinnerungen. Ein Anker im Meer des Vergessens. Eine flüchtige Begegnung an einem Ort, an dem sich täglich viele Menschen trafen. Und doch hattest du dich in mein Unterbewusstsein gestohlen, hattest einen Schlüssel zu der Wohnung, in der ich im Traum lebte. Die mir fremd war im Wachen. War es deine, meine, unsere gemeinsame?

Ich hatte mich zu Hause gefühlt.

Mit klopfendem Herzen versuchte ich, wieder in den Schlaf zu finden. Ein paar Minuten wälzte ich mich hin und her, bevor ich leise aufstand und ins Arbeitszimmer ging.

Im Mondlicht betrachtete ich den alten Bürostuhl. Das einzig Vertraute, das mir in dem Traum begegnet war. Ich strich über das zerschlissene Leder. Er hatte meinem Vater gehört, der letztes Jahr im März von uns gegangen war. Elf Monate später, im Februar, hatte meine beste Freundin mich für immer verlassen.

Mein Blick fiel auf die schwindenden Buchstaben der Tastatur. Sacht fuhr ich darüber, spürte der Wölbung der Tasten nach, die sich an meine Finger schmiegten. Tag für Tag stürzte ich mich in Übersetzungen, ließ keinen Platz für Gefühle und Gedanken. Manchmal bis in die Morgenstunden. Es war also nicht ungewöhnlich, dass ich mitten in der Nacht hier gestrandet war. Nur der Anlass war in dieser ein anderer.

Ich drehte mich um und ging zu der kleinen Kaffeeküche in der Zimmerecke hinüber. Wie automatisch befüllte ich den Porzellanfilter, schaltete den Wasserkocher ein, wartete. Es dauerte nicht lang, da hörte ich tapsende Schritte. Lotte begrüßte mich mit einem müden Blick, ließ sich schwer auf die Decke neben dem Stuhl fallen.

»Es ist früh, ich weiß«, sagte ich leise, gab etwas Wasser auf das Pulver, beobachtete, wie es aufquoll, kleine Bläschen warf. Der Duft belebte meine Geister.

Kurz darauf saß ich vor dem Notebook und verlor mich in Balzac. In seinen Zeilen über den untrüglichen Instinkt der Liebe, der unaufhaltbar das Herz fand, keine Angst kannte. Ich versank darin und spürte selbst kaum mehr als das beständige Pochen meines Herzschlags, lebendig wie lange nicht mehr.

Drei Stunden später holten mich Schritte aus meiner Trance. Déjà-vu. Die Tasse neben mir, deren Inhalt kalt und abgestanden war.

Doch in der Tür erschienst nicht du, es war Thomas. Er fuhr sich durch das dichte blonde Haar. »Ich hab gar nicht mitbekommen, dass du aufgestanden bist. Seit wann bist du wach?«

»Halb vier.«

»Bei der Hitze kann man kaum schlafen. Lass uns doch noch mal über eine Klimaanlage nachdenken.«

Das taten wir schon, seitdem er vor fünf Jahren bei mir eingezogen war. »In der nächsten Woche soll es etwas abkühlen.«

»Hoffentlich.« Er schnippte mit den Fingern. Lotte sprang auf und rannte hinter ihm her in die Küche. Ich hörte das Klimpern des Trockenfutters, das in den Napf fiel, den Spüldurchlauf des Vollautomaten, das Mahlen und Brühen des Kaffees. Kurz darauf ging das Radio an. Wie jeden Morgen.

Spätestens um Viertel nach sieben machte Thomas sich auf den Weg in die Schule. Eine halbe Stunde noch.

Für einen Moment schloss ich die Augen, spürte die Müdigkeit, die ich in der Nacht nicht hatte finden können. Ein letztes Mal sah ich auf Balzac, dann schaltete ich das Notebook aus und stand auf. Ich holte ein Glas mit kaltem Wasser aus der Küche, betrat den Balkon, drehte einen der Korbsessel in Richtung der Morgensonne, ließ mich auf das Polsterkissen sinken, legte die Beine auf den Hocker und sah gen Osten. In der Nacht hatte mich das Rauschen der Autobahn an den Klang des Meeres erinnert. Am Tag war es schlicht das, was es war – der Lärm der Fahrzeuge.

2.

In der folgenden Nacht trafen wir uns wieder.

Ich wachte auf, dich vor Augen.

Alles an dir erschien mir vertraut, auf eigene Weise vollkommen. Deine große, schlanke Statur, dein kurzes dunkles Haar, die Schläfen ergraut, fast weiß. Mit deinen braunen Augen blicktest du mir sanft entgegen. Du warst älter als ich, nur wenige Jahre, doch ich sah es. In den kleinen Falten deiner Lider, in deinem tiefgründigen Blick.

Was wäre passiert, wenn ich nicht aufgewacht wäre? Ein wohliges Ziehen in meinem Unterleib, ein verheißungsvoller Sog. Meine Haut war erhitzt. Eine Schweißperle rann meinen Rücken hinab, folgte der Spur, die deine Hände dort vor wenigen Sekunden gezogen hatten.

Unruhig drehte ich mich von einer Seite auf die andere.

»Was ist los?«, fragte Thomas schlaftrunken.

»Die Wärme.« Hatte es da begonnen? Die kleinen Lügen, das Verbergen?

Er schlief wieder ein.

Und ich blieb allein zurück. Mit der Verwirrung, der Sehnsucht, den Gedanken an dich.

Ich stand auf, ging in mein Arbeitszimmer, stellte den Wasserkocher an und wartete auf Lotte. Balzacs Zeilen verschwammen vor meinen Augen. Sosehr ich versuchte, dich zu vergessen, es gelang mir nicht. Die goldenen Pünktchen in deinen Pupillen, das Stirnrunzeln, als du bemerkt hattest, dass ich wieder zu wenig getrunken hatte, der warme Klang deiner Stimme, der seit unserer ersten Begegnung in mir nachhallte. Du warst lebendig in mir.

»Wer bist du?«

Spontan griff ich zu Stift und Papier, im Versuch, dich festzuhalten. Und doch loszulassen, damit ich mich auf meine Übersetzung konzentrieren konnte.

Wieder sitze ich am Schreibtisch, lausche deinem Kommen, warte, bis du bei mir bist. Dein Gang ist leicht, leise. Wie du.

Du beugst dich zu mir herunter. Dein warmer Atem streift mein Ohr, löst einen sachten Schauer in mir aus. »Wie kommst du voran?« Du richtest dich auf, streichst über mein Kinn, die Wange, das Haar.

Ich drehe meinen Kopf, schaue zu dir hoch. »Gut.«

»Dann störe ich dich nicht weiter. Hast du genug getrunken?« Du greifst nach der halb vollen Wasserflasche und füllst mein Glas.

Über deinem Hemd trägst du einen dunkelblauen Wollpullover. Du reibst dir die Arme, während du gehst. »Die Arktis ist nichts gegen dein Arbeitszimmer.« Im Türrahmen bleibst du stehen, drehst dich noch einmal um. »Denkst du daran, dass wir heute Abend eingeladen sind?«

Kurz darauf beginnt es zu schneien, und bald sind Bäume und Dächer weiß bezuckert.

Als wir am Abend losgehen, liegt der Schnee schon zentimeterhoch. Die Flocken landen im Sekundentakt auf meiner Mütze, auf deinem Haar. Die Flasche Shiraz unter deinem Arm. »Intensiv. Fruchtig. Wärmend. Wie du«, hast du mir ins Ohr gehaucht. Und ich habe überlegt, was ich für dich wählen würde. Einen Sassicaia oder einen Amarone vielleicht. Tiefgründig. Bittersüß. Ein verlockender Widerspruch.

Eine Böe bläst mir die Kälte ins Gesicht, und ich presse die selbst gebackenen Grissini fest an die Brust. Der schwache Duft nach Olivenöl und Meersalz steigt mir in die Nase.

Auf den vom Schnee bedeckten Gehwegen kommen wir nur langsam voran. Ich rutsche weg, du versuchst mich festzuhalten, aber ich ziehe dich mit. Der Wein segelt durch die Luft, und wir landen unsanft auf dem harten Boden. Die Grissini zerbrechen. Aber uns ist nichts passiert. Und auch der Shiraz hat unseren Sturz überstanden, wie wir erleichtert feststellen. Der aufgetürmte Schnee am Wegesrand hat die Flasche gerettet. Gut gelaunt gehen wir weiter. Vor dem Haus schütteln wir den Schnee von der Kleidung, klopfen die Schuhe ab.

Die Tür wird geöffnet. »Da seid ihr ja endlich.« Deine Bekannte mag ich sofort, ihre herzliche Ausstrahlung und ihren fürsorglichen Blick.

Wir gehen hinter ihr her. Die anderen warten schon auf uns. Sie sitzen zu viert beisammen, lachen.

Und du lachst auch, als du mein entsetztes Gesicht bemerkst. Ich habe den Stapel Gesellschaftsspiele auf dem Tisch entdeckt. Du weißt, dass ich nicht gern spiele.

»Das zahl ich dir heim«, flüstere ich. Und wieder lachst du.

Meine Revanche lässt nicht lange auf sich warten. Du sollst eine Seekuh pantomimisch darstellen. Deine Handbewegungen beim Melken sind urkomisch, herzerweichend dein verzweifelter Blick dabei. Du bist ein schlechter Schauspieler, stehst nicht gern im Mittelpunkt.

Später wagen wir uns zu einem Spaziergang hinaus. Der Park sieht wie verzaubert aus. Schneeflocken funkeln im Lichterschein der Laternen, das unberührte Weiß, in dem wir unsere Spuren hinterlassen, knirscht unter unseren Füßen. Der erste Schneeball fliegt, und innerhalb von wenigen Sekunden ist eine fröhliche Schlacht im Gange. Wie Kinder wälzen wir uns im Schnee.

Nach und nach machen sich alle wieder auf den Weg. Nur wir beide bleiben zurück, in einem Meer voller Schneeengel im nächtlich glitzernden Weiß. Meine Hände sind steif gefroren. Zu Hause angekommen, sind auch meine Füße fast taub, meine Haut prickelt vor Kälte. Kurzerhand stelle ich mich unter die heiße Dusche. Aufgewärmt, und nur in ein Handtuch gewickelt, komme ich zu dir ins Zimmer. Du hast bereits das Feuer im Kamin angezündet, hast es dir auf der Couch bequem gemacht und siehst in die Flammen. Ich setze mich auf deine Beine, umarme dich und bette meinen Kopf an deine Schulter. Mit beiden Händen streichst du über meinen Rücken, hältst erst inne, als du die Wölbung meiner Hüften unter deinen Fingern spürst. So sitzen wir still da, es ist nichts zu hören, nur das Knistern des Holzes.

Die Schreibutensilien hatte mein Vater mir zum Geburtstag geschenkt, dem letzten, den wir gemeinsam gefeiert hatten. Seitdem lagen Füllfederhalter und Papier unberührt in dem schlichten beigefarbenen Geschenkkarton. Ich hatte mir nicht nur einmal vorgenommen, die erste Seite zu beschreiben, mit einem Brief, einem Gedicht, Gedanken. Nun hatte ich darauf den ersten Traum von dir festgehalten. Und auch den der vergangenen Nacht. Ich legte die Blätter samt Füllfederhalter zurück in den Karton. Meine eigenen Worte, die ihren Weg auf das Papier gefunden hatten. Doch Balzac wartete auf mich.

»Jetzt kümmern wir uns erst einmal um die Übersetzung. Bist du bereit?«

Lotte hob den Kopf und sah mich mit ihren treuen Hundeaugen an. Sie war eine gute Zuhörerin. Wenn ich mit dem Text nicht weiterkam, half es mir, die Worte, die ich übersetzt hatte, laut zu lesen, den Klang, ihren Rhythmus zu hören.

Fünf Minuten später tauschte ich zwei Wörter aus, kürzte einen Satz und versank wieder in meiner Arbeit.

Hatte es geholfen, die Träume aufzuschreiben? Oder zu wissen, dass es dich gab?

Ich fühlte mich befreit, beschwingt, verlor mich in den Zeilen, war in die Gestalt der Hauptfigur geschlüpft, empfand, lebte, litt mit ihr. Bis Lotte mich um halb sieben auf Thomas aufmerksam machte.

»Schon wieder so früh wach geworden?«

»Ja.« Ich streckte mich.

»Dass du um die Uhrzeit überhaupt arbeiten kannst.« Er gähnte und schnippte mit den Fingern. Lotte sprang auf, ich folgte ihnen.

Unsere Küche war nicht sehr groß, aber für uns reichte sie. Die Ausstattung war in die Jahre gekommen, die Elektrogeräte mussten ausgewechselt werden, der zu laut laufende Kühlschrank, der ungleichmäßig backende Ofen. Sie standen auf derselben Liste wie die Klimaanlage.

»Heute wird ein langer Tag.« Thomas widmete sich dem Kaffeeautomaten. »Wir haben noch eine Konferenz, danach geh ich mit den Kollegen weg.«

Er verschwand ins Badezimmer.

Während ich die Milch aufschäumte, schlich sich die Seekuh, die du nachzuahmen versucht hattest, in meine Gedanken.

Ich dachte an dich, während ich das Frühstück für meinen Mann zubereitete.

Bis er zurück in die Küche kam. »Was ist los?«

»Warum?«

»Du lächelst so.«

Im Traum lebte ich ein Leben mit dir. Thomas spielte darin keine Rolle, er existierte nicht. Ich entschied, dass die Nächte mir gehörten. Die Lüge kam mir wie selbstverständlich über die Lippen. »Ich musste an eine Szene aus Balzacs *La Femme de Trente Ans* denken, die ich gerade für die Sonderedition übersetze.«

»Um was geht es?«

»Um eine Frau, die im frühen neunzehnten Jahrhundert gegen die Warnung ihres Vaters einen Marquis heiratet.«

Die Selbstüberwindung, mit der sie die trostlose Ehe erträgt, verschwieg ich, trank etwas Milchschaum von meiner Tasse ab, verdrängte das schlechte Gewissen.

Es fiel mir erschreckend leicht.

Den ganzen Tag war ich gut gelaunt. Ich ging mit Lotte an der Elbe spazieren. Freute mich, sie im kühlen Wasser toben zu sehen. Schrieb Seite um Seite der Übersetzung. Ging am Abend wieder eine große Runde mit Lotte. Legte mich vor Thomas' Heimkehr ins Bett. Und dann wartete ich auf dich.

3.

In der Nähe schippt ein Nachbar den Gehweg. Die Schaufel kratzt auf dem Asphalt, das Geräusch ist unverkennbar. Noch immer ist es Winter. Ich stehe am Fenster, den Blick auf den Apfelbaum gerichtet. Eine Böe lässt die Windlichter in den Ästen hin und her schwingen. Schnee rieselt von den Blättern herab.

Ein Spaziergang erscheint mir plötzlich verlockender als die Arbeit, die auf mich wartet.

Bin am Meer, *schreibe ich auf ein Blatt Papier.* Sophie, um 15 Uhr 30.

Die Nachricht lege ich auf den Küchentisch.

Kurz darauf gehe ich durch die Hohlwege der Dünenlandschaft. Stellenweise bricht bräunliches Strandgras durch die Schneedecke, die Halme bilden einen morbiden Kontrast zum glitzernden Weiß der Landschaft.

Nachdem ich die Dünen durchquert habe, liegt vor mir der zugeschneite Strand, dahinter die tiefdunkle Ostsee. Das dumpfe Rollen der Wellen hallt laut in meinen Ohren. Die Kämme brechen sich und hinterlassen weiße Schaumflächen auf dem Wasser. Ich atme tief ein, will meine Lun-

gen mit Luft fluten. Doch aufkommender Wind reißt meinen Atem mit, und ich halte schützend den Arm vor das Gesicht. So bleibe ich einfach stehen und höre dem Tosen zu. Das Meer ist aufgewühlt, und ich bin es auch.

Mit hochgezogenen Schultern gehe ich gegen den Wind den Strand entlang, so habe ich es auf dem Rückweg leichter.

Weit und breit ist kein Mensch zu sehen. Nur ein paar Strandläufer mit weißen Bäuchen in grauem Federkleid huschen flink mit ihren langen Beinen über den schneebedeckten Sand. Sie picken mit ihren Schnäbeln in der Brandung.

Ich drehe mich mit dem Rücken zum Wind, lasse mich in ihn hineinfallen und von ihm auffangen, als ich mich mit weit ausgebreiteten Armen zurücklehne. Mein Wollschal wird von der Böe erfasst. Ich nehme ihn ab, halte ihn an einem Ende fest und lasse ihn mit dem Wind flattern. Erst liegt er fast waagerecht in der Luft, dann bäumt er sich auf, peitscht nach oben. Ohne weiter darüber nachzudenken, lasse ich ihn los, beobachte, wie er davongetragen wird. Das tiefe Rot der Wolle, das mich an reife Himbeeren erinnert, habe ich vom ersten Augenblick an geliebt.

Auf die Idee, einen dicken Wollschal bei Temperaturen von annähernd dreißig Grad zu verschenken, konnte nur Tessa kommen. Das freudige Blitzen in ihren Augen, als sie mir das bunte Päckchen überreichte, werde ich nie vergessen.

»Weil du immer so schnell frierst. Und du weißt ja, der nächste Winter kommt bestimmt.«

Kälte erfasst mich. Mir wird bewusst, dass ich mich eben, einfach so, für immer von Tessas Schal verabschiedet habe.

Ich setze die Kapuze meiner Jacke auf. Bis zum Meer sind es nur wenige Meter, noch ein paar Schritte, und ich stehe am Wasser. Die Wellen haben Schneematsch am Spülsaum zusammengeschoben, eisige kleine Wassertropfen klatschen gegen mein Gesicht.

Da ebbt der Wind ab, der Himmel reißt auf, ein paar Sonnenstrahlen finden ihren Weg durch das milchige Weiß der Wolken. Ihr Licht lässt das Wasser der vor mir liegenden See silbern glitzern. Ich verliere mich in ihrem Anblick.

»Sophie.«

Wie aus dem Nichts stehst du plötzlich neben mir, legst den Schal um meine Schultern. »Lass uns ein Stück vom Wasser zurückgehen.« Deine Stimme klingt sanft, behutsam. »Die Gischt schlägt gegen deine Hosenbeine, sie sind schon nass. Und ich denke, in deinen Schuhen sieht es auch nicht besser aus.«

Ich bewege die Zehen, sie fühlen sich kalt und feucht an, drehe mich zu dir. »Wo hast du ihn gefunden?«

Du streichst mit dem Finger eine Träne von meinen Wangen. »Er hat himbeerrot geleuchtet zwischen zwei Büscheln Seegras.«

Ich hatte mit dir gerechnet, mich darauf gefreut, wieder von dir zu träumen. Mit einem Lächeln auf den Lippen war ich eingeschlafen. Mit tränennassem Gesicht wachte ich auf.

»Sophie.« Es war Thomas' Stimme, die nun zu mir drang. Ich lag von ihm abgewandt, mein bleischwerer Körper zusammengekauert. Er legte die Hand auf meine Hüfte und schlief im nächsten Moment wieder ein.

Das Gewicht seiner Finger kam mir unerträglich vor, fremd. Ich rückte an die Bettkante, sodass seine Hand von mir glitt. Mein Herz wünschte sich zurück zu dir.

Ich stand auf, ging ins Arbeitszimmer, brühte Kaffee auf. Dann holte ich die Erinnerungsstücke aus dem Schrank, und versank in der Vergangenheit. Spürte den Erlebnissen nach, die ich in einer Kiste konservierte. Dingen, die ich unmittelbar mit meiner Freundin verband: Fotos, Briefe, Theaterkarten, der Stadtplan von Paris. Erinnerungen an unser Wir. Wie auch die Postkarten an der Pinnwand über meinem Schreibtisch, das türkisfarbene Kissen auf dem Sofa, daneben die Wärmflasche mit Plüschbezug, darüber die mit bunten Herzen bemalte Leinwand, der Kaktus auf der Fensterbank, der himbeerrote Schal. Der Sessel, in dem Tessa so oft gesessen hatte. Ihr Haar zum Pferdeschwanz gebunden, die Beine angezogen, die große blaue Tasse in beiden Händen haltend – ihre Lieblingstasse, aus der nun ich trank.

Sie war der Tag, ich die Nacht. Ihr Haar war blond, ihre Augen blau, Haut und Augenbrauen hell. Das fein geschnittene Gesicht immer lächelnd. Ich hatte das braune leicht gewellte Haar meines Vaters geerbt, die breiten Wangenknochen, dunkle Brauen, grüne Augen. Mein Blick viel zu ernst, wie Tessa stets gefunden hatte. Mit ihr konnte ich lachen.

Wie sehr meine Freundin mir fehlte!

»Soffi«, hörte ich sie sagen, in der ihr eigenen Art, meinen Namen auszusprechen. Ihre Augen funkelten belustigt. *»Ich hätte mir einen gut gebauten Kerl mit starken Armen in meine Träume bestellt. Du dagegen suchst dir einen Mann aus, der sich vor dir verbeugt.«*

Sie war mein Seelenspiegel. Und doch hätte sie sich dieses eine Mal geirrt. Vielmehr als alles andere hatte deine Stimme mich gefesselt. Dunkel, warm, geheimnisvoll, als verberge sie etwas, das nur wir beide kannten und miteinander teilten. Sie war mir vertraut, obwohl ich sie nur einmal gehört hatte.

Um halb sieben, ich war mittlerweile vertieft in meine Arbeit, stand Thomas plötzlich hinter mir. Ich hatte nicht mitbekommen, wie Lotte ihn freudig begrüßte. »Tut mir leid, Sophie, ich hab gestern nicht geschaltet, dass du mich vielleicht brauchst. Geht es wieder?«

»Ja.«

Ich lauschte Thomas' und Lottes Schritten auf dem Weg in die Küche. Tessa war Optimistin, ihr Glas nie halb leer gewesen.

»Es wird alles gut, Soffi. Ihr schafft das.«

Aber das stimmte nicht. An diesem Morgen kam mir das Radio lauter vor als sonst. Mir fiel das lärmende Klacken der Schranktüren und Schubladen auf, die Thomas öffnete und wieder schloss. Die halbe Stunde, bis er endlich das Haus verließ, erschien mir wie eine Ewigkeit.

Erst nachdem er die Tür geräuschvoll hinter sich zugezogen hatte, atmete ich auf.

Ich setzte mich auf den Balkon, lauschte der Autobahn und dachte an dich. Wie wohl dein Name war? Meine erste große Liebe fiel mir ein, Max. Er hatte mir das Herz gebrochen, als er mir unter Tränen erzählte, dass er mit seinen Eltern nach Österreich ziehen würde, und mir versprach, mich eines Tages zu heiraten. Damals waren wir fünfzehn Jahre alt gewesen.

Kamst du vielleicht auch aus Österreich? Hattest du Urlaub auf Rügen gemacht?

Max, fünfzig Jahre alt, aus Wien. Daher die Verbeugung. Österreicher hatten eine Vorliebe für Etikette, auch wenn ich sie so nur aus alten Filmen kannte.

Unsere Verbindung bestand bisher lediglich aus einer Tasse verschütteten Kaffees. Doch du nahmst immer mehr Raum ein in mir, auch am Tag.

4.

Meine Welt stand kopf, mein Rhythmus wurde ein anderer. Ich ging früh schlafen, träumte von dir, stand auf, um das Erlebte festzuhalten. Nacht für Nacht, Tag für Tag.

Ein leichter Schauer. Die Gewissheit, dass du da bist. Ich spüre deine Nähe, bevor ich dich sehen oder hören kann, drehe mich zu dir um.

Du reichst mir einen Thermobecher.

»Kaffee«, sage ich.

Die kleinen Lachfältchen um deine Augen herum verraten, dass ich mich irre.

Ich drücke den Verschluss auf. Sofort strömt mir der herbe Duft von Wein und Gewürzen entgegen.

»Pass auf, er ist sehr heiß.«

Vorsichtig probiere ich einen Schluck, lasse die Aromen auf meiner Zunge wirken. »Orange, etwas Nelke, Shiraz, die angebrochene Flasche von gestern Abend.«

Du stellst dich neben mich, wir trinken heißen Wein und schauen auf das Wasser.

Es ist noch kälter geworden in den letzten Tagen.

Die Wellen schieben mit jeder Bewegung kleine Eisschollen zusammen und türmen sie am Ufer auf. Eine Möwe fliegt über unsere Köpfe hinweg, kreist über dem Wasser, schreit heiser gegen das dumpfe Knirschen und Krachen der aufeinandertreffenden Schollen an.

»Wusstest du, dass Möwen Meerwasser trinken?«, frage ich. »Das Salz scheiden sie über die Nasenlöcher wieder aus.«

Du siehst mich an, schmunzelst. »Möwen haben Nasen?«

»Und Ohren.« Vor mir blitzt das Bild meines Vaters auf, die grünen Augen, das Lächeln. Er hat mich oft auf seine Ausflüge in die Natur mitgenommen. Dabei hat er mir immer etwas beigebracht. »Und wusstest du, dass Möwen niemals kalte Füße kriegen, wenn sie auf dem Eis stehen, und dass alle Möwen Emma heißen?«

Du siehst zu unserer Möwe, die immer noch über dem Wasser kreist. »Ich glaube, Emma hat Hunger.«

»Sie wird etwas finden.« Ich greife nach deiner Hand. »Schön, dass du bei mir bist.«

Als ich in dieser Nacht das mondbeschienene Arbeitszimmer betrat, kam es mir so vor, als hingen noch immer Spuren seines herben Tabaks in der Luft, als stände ich in stiller Verbindung mit meinem Vater. Die Liebe zur Literatur hatte ich ihm zu verdanken. Seit ich denken konnte, genoss ich die Momente, in denen wir uns still mit einem Buch in eine gemütliche Ecke zurückzogen. Seine beruhigende Stimme, wenn er vorlas, gab mir das Gefühl von Geborgenheit.

Er brachte mir das Lesen bei. Mit den Fingern fuhr ich die Buchstaben entlang, reihte sie aneinander. Es fühlte sich magisch an, wie ein Wunder. Aus Buchstaben wurden Worte, entstanden Sätze. Durch meine Vorstellungskraft formten sie sich zu Bildern, wurde die Geschichte zum Leben erweckt. Eine Reise in die Fantasie, in fremde Welten.

Ich sah ihn vor mir, in dem alten Bürostuhl. Eine Tasse stark gebrühten Kaffee auf dem Mahagonitisch, den er von einer Marokkoreise mitgebracht hatte. Der Duft seiner Zigarillos, vermischt mit dem des betagten Papiers, den die Schmuckausgaben in den breiten Bücherregalen verströmten. Er sammelte. Französische Originalausgaben. Hugo, Voltaire, Baudelaire, Leroux, Balzac. Das Antiquariat an der Ecke zur Rue de Médicis besaß eine Liste der Editionen, die er meist schon seit Jahren suchte. Er war oft in Paris gewesen, hatte sich dort mit dem Buchhändler getroffen, war über die Märkte geschlendert, immer in der Hoffnung, einen vergessenen Schatz zu finden.

Der golden geprägte Titel des 1886er-Balzac zog meinen Blick an. *Père Goriot.* Ich strich über den Buchrücken, erinnerte mich an den Tag, an dem mein Vater das Buch mitgebracht hatte. Wie immer, wenn er von seinen Reisen nach Hause kam, ging er zuerst ins Büro, legte das kleine Päckchen auf den Schreibtisch. Dann hob er mich auf den Schoß. Mein Herz pochte vor Aufregung, als ich das Seidenpapier abwickelte. Das alte Leder des Buches verströmte einen Duft nach Ferne und Vergangenheit. Das Gold der eingeprägten Buchstaben funkelte so schön, dass ich es unbedingt berühren musste. Mein Vater schlug den Einband auf, zeigte mir, wo ich das Publikationsjahr der Ausgabe und den Verlagsstempel fand. »Ich habe auch noch eine Überraschung für dich«, sagte er und schob das zweite Päckchen zu mir. »Pack es aus.« Diesmal schimmerte die Schrift silbern. Christian Morgenstern, *Gedichte.* »Das wird dir gefallen.« Noch heute erinnere ich mich, wie stolz ich gewesen war. Meine erste eigene Schmuckausgabe.

Nun stand sie neben Balzac. Ich zog sie aus dem Regal und schlug sie auf. Erinnerte mich, wie mein Vater geduldig meine Fragen beantwortet hatte.

Was sind Zibeben, was ist weißer Flaus? Und ob Amseln wohl auch alle denselben Namen haben.

»*Die Möwen sehen alle aus, als ob sie Emma hießen*«, las ich mit leiser Stimme.

»Sophie.«

Ich klappte den Gedichtband zu und sah zu Thomas, der in mein Arbeitszimmer kam. Er setzte sich auf Tessas Sessel. »So geht das nicht weiter, Sophie. Seit Wochen stehst du nachts auf und arbeitest. Tagsüber bist du abwesend. Und abends fällst du gegen halb zehn todmüde ins Bett. Das kann auf Dauer nicht gesund sein.«

Er hatte recht.

Am Tag spürte ich den Träumen der Nacht nach, dir. Dann war mir Balzac egal. Ich ertappte mich immer häufiger dabei, wie ich minutenlang den Bildschirm meines Notebooks anstarrte, in Gedanken mein eigenes Buch schrieb, in dem es nur eine Hauptrolle gab. Dich. Ich wusste, wie kindisch mein Verhalten war. Du existiertest nur in meinem Kopf. Und doch fühltest du dich real an. Deine Nähe tat mir gut. Ich wischte meine Bedenken beiseite.

»Ich habe noch eine Woche Zeit für die Übersetzung, das schaffe ich.«

»Darum geht es doch gar nicht. Ich mach mir Sorgen.« Er stand auf, kam zu mir, hielt mir die Hand entgegen. »Komm ins Bett, versuch wieder zu schlafen.«

Der liebevolle Ausdruck in seinen Augen ließ mich für einen Moment hoffen. Darauf, dass alles verborgen unter den Schwierigkeiten der letzten Monate noch vorhanden war – unsere Verbindung, die Liebe, die einmal so leicht gewesen war und nun schwer auf mir lastete. Er zog mich aus dem Sessel, ich ging mit, legte mich neben ihn. Viel mehr als Trost wünschte ich mir in diesem Augenblick, dich zu vergessen. Dass Thomas mich dich vergessen ließ.

Wann hatte er das letzte Mal über meinen nackten Körper gestrichen? Ich über seinen?

Ich rückte nah an ihn heran, schmiegte mich an seinen Rücken, streichelte seine Brust, seinen Bauch.

Er hielt meine Hand fest. »Was machst du?«

»Dich verführen.«

»Jetzt nicht.« Er rückte von mir weg. »Ich muss früh raus. Lass uns schlafen.«

Es war nicht die Abweisung, die mich verletzte. Es war der plötzlich unterkühlte Tonfall, mit dem er sein Desinteresse bekundete. Trug ich die Schuld daran? Hatte ich mich zu sehr um mich selbst gedreht in meiner Trauer um Tessa und meinen Vater? Oder hatte es schon vorher begonnen?

Wie hatte es so weit kommen können, dass ich mich nach einem Mann sehnte, den ich nur aus meinen Träumen kannte?

Drei Wochen waren vergangen, seit du mir das erste Mal in der Nacht begegnet warst. Bisher hatten wir unsere Zeit mit langen Spaziergängen am Meer verbracht, mit

Gesprächen, Besuchen bei Freunden. Wir hatten gemeinsam gekocht, gegessen, gelacht, uns an den Händen gehalten, wie zufällig sanft berührt. Kein einziges Mal hattest du mich geküsst. Nun wollte ich mehr, wollte ich lieben, geliebt werden, mich neu entdecken, mich lebendig fühlen. Nun wünschte ich mir, die Frau aus meinen Träumen zu sein.

Ich lag neben meinem Mann und führte einen Kampf, den ich bereits verloren hatte, als ich erschöpft einschlief.

5.

»Liebst du mich noch?«, fragte ich.

Er brauchte nicht zu antworten.

Der erschrockene Ausdruck in seinen Augen sprach für sich. Wie er sich mit der Hand über den Nacken rieb. Der ausweichende Blick zur Uhr. Wir standen uns gegenüber, sahen uns an. Ich hoffte, er würde sich zu einem Ja durchringen. Aber er schwieg.

»Thomas …«, sagte ich …

»Können wir später darüber reden? In zehn Minuten muss ich los. Jetzt ist echt nicht der richtige Zeitpunkt.« Er verließ den Raum.

Ein unerwartetes Verlustgefühl überwältigte mich. Meine Beine fingen an zu zittern, ich suchte Halt auf dem Stuhl am Küchentisch. Mit dieser Antwort hatte ein Teil von mir gerechnet. Und doch traf sie mich. Ich hatte Thomas losgelassen. Mit jeder Nacht, in der ich ein Leben mit dir führte, ein bisschen mehr. Und auch er hatte sich von mir entfernt. Wie durch Watte nahm ich die Geräusche wahr, die aus seinem Arbeitszimmer drangen. Das Klacken, als er die Schreibtischschublade schloss, sein Fluchen beim Zusammensuchen des Unterrichtsmaterials, das Quietschen der Schranktür, seine Schritte.

»Es tut mir leid.« Er fuhr sich durchs Haar. »Lass uns heute Nachmittag reden. Wir haben noch eine Konferenz. Gegen fünf bin ich wieder da.«

Ich nickte mechanisch, er ging.

Ich wollte ihn zurückhalten, ihm sagen, dass ich ihn noch liebte. Aber stattdessen sah ich ihm nach. Wie konnte ich ihn lieben, wenn ich im Traum dich liebte?

Warum hatte ich es so weit kommen lassen? Ich hatte gewusst, was zwischen uns schieflief, hatte jedoch nicht das Bedürfnis gehabt, es besser zu machen. All die ungesagten Dinge, die uns immer weiter voneinander entfernt hatten. Nicht nur in den letzten Monaten. Es hatte vorher begonnen. Wann war das Wir verblasst?

Plötzlich hielt ich es nicht mehr aus in der Wohnung, hatte Sehnsucht nach Stille. Das Gurgeln des Kaffeeautomaten und das Ticken der Uhr kamen mir unerträglich laut vor. Ich stand auf, rief nach Lotte. Keine zehn Minuten später lenkte ich den Wagen durch Hamburgs Berufsverkehr, auf die A1, die B3, die Strecke, die ich so oft gefahren war. Als Tessa noch gelebt hatte. Durch das dichte Waldgebiet, das in einem Meer aus Heide endete.

Vereinzelt zeigten sich erste Farbtupfer in Lila, Bordeauxrot, Rosa. Die Farben meiner Kindheit. Bald würde die Heide in voller Blüte stehen.

Ich parkte den Wagen, blieb einen Moment sitzen, sah wehmütig zum ehemaligen Fliegerhorst, aus dem später ein Hotel geworden war. In dem Tessa und ich lange Abende schwitzend in der Sauna verbracht hatten, mit Blick auf die endlose Weite.

Lotte lief aufgeregt voran. Vorbei an kargen Magerrasenflächen, auf denen jetzt im Sommer Heidenelken, Bergsandglöckchen und Königskerzen wuchsen. Feldlerchen stiegen mit lautem Gesang in die Luft, immer höher. Bis sie dort verharrten, flügelschlagend auf der Stelle, minutenlanges Trällern, Zirpen. Hohe Wacholderbäume, neben denen Heidschnucken grasten. Natur pur.

Im kleinen Kiefernwäldchen fiel mir das Buch wieder ein, das ich auf Rügen gekauft hatte, die ersten besonderen Sätze. *Ich konnte den Wald riechen … Nur, da war kein Wald.* Ich jedoch stand mittendrin, atmete die würzige Luft ein. Hier hatten wir als Kinder gespielt, bauten uns Wigwams aus Ästen und Zweigen. Hütten, indem wir Decken über alte Schützengräben spannten. Trafen uns zum Kartenspielen, zum Kniffeln. Später rauchten wir heimlich unsere erste und einzige Zigarette, tranken Wodka mit Orangensaft, küssten Jungs, küssten uns.

Auf dem Höpenberg hielt ich einen Moment inne, ließ meinen Blick über die Heideflächen schweifen, bevor es bergab ging, in der Ferne die Silhouette des Schafstalls unter riesigen Kiefern und viel weiter im Osten der Wilseder Berg. Ich sah Tessa vor mir, wie sie auf dem knallroten Hollandrad fuhr, auf das wir bunte Peacezeichen gemalt hatten. Baguette, Käse, Rotwein, Pappbecher und Teller im Fahrradkorb, die Picknickdecke auf meinem Gepäckträger. Leichtigkeit.

Alles wäre viel weniger schlimm, alles wäre erträglich, wenn Tessa noch da wäre. Ich fühlte mich allein in meiner eigenen Gesellschaft, unsichtbar. Mit Tessa war auch ein Teil von mir gegangen.

In der Nacht fülltest du die Lücke, die meine Freundin

hinterlassen hatte, die Leere, die ich nicht selbst füllen konnte. Die auch Thomas nicht zu füllen vermochte. Niemand. Ich musste selbst wieder eins werden mit mir. Und dafür musste ich Tessa gehen lassen. Und mich auch von dir verabschieden. In der Hoffnung, so dem Gefühl für Thomas nachspüren zu können, das ich mir irgendwo tief in mir noch wünschte.

6.

Instinktiv hatte ich mich auf den richtigen Weg gemacht, war von Camp Reinsehlen bis nach Schneverdingen gegangen. Das letzte Mal war ich nach Tessas Beisetzung hier gewesen. Nun stand ich vor ihrem Elternhaus. Neben mir Lotte, schwanzwedelnd, den Blick auf Antje im Garten gerichtet. Eine Schüssel unter dem Arm, blickte Tessas Mutter hinauf in den Kirschbaum.

Dann drehte sie sich unvermittelt um, schlug die Hand vor den Mund. Tränen schossen mir in die Augen, als ich das Gartentor aufdrückte und sah, wie Lotte auf sie zustürmte. Die Schüssel fiel, die Kirschen purzelten auf den Boden. Kurz darauf auch Antje, die in die Hocke ging und nach hinten kippte, weil Lotte sie zu ungestüm begrüßte.

Ich wartete und weinte.

Ihr silbergraues schulterlanges Haar glänzte in der Morgensonne. Sie trug ein grünes Leinenkleid und dazu braune Sandalen. Ihre ganze Erscheinung war schlicht, natürlich und gleichzeitig elegant.

Dann stand sie auf und kam auf mich zu.

»Sophie, wie schön!« Sie nahm mich in die Arme. Drückte mich. Hielt mich fest.

»Hallo, Antje«, sagte ich mit tränenerstickter Stimme an ihrer Schulter.

»Nicht doch, nicht weinen.« Sie löste ihre Umarmung, schob mich etwas von sich weg und betrachtete mich. »Das wurde aber auch Zeit!«

Immer wieder hatte ich mir vorgenommen, Tessas Eltern zu besuchen. Aber mir hatte der Mut gefehlt. Nun fühlte es sich beinahe leicht an.

An der Wand über dem wuchtigen Eichentisch im Esszimmer hingen neue Fotos. Auf jedem davon Tessa. Mit ihren Eltern, den Großeltern, ihrer Schwester Uta, ihrem Neffen Tom. Mit mir. Immer war jemand bei ihr, der sie liebte.

Wir standen Arm in Arm im Sand, in kurzen Shorts und ärmellosen Shirts, mit Sonnenbrille im Haar. Lachten. Hinter uns das Meer, Frankreich, Cavalaire-sur-Mer. Unser letzter gemeinsamer Urlaub.

Antje lächelte sanft. »Ihr seht glücklich aus.«

»Das waren wir«, sagte ich mit belegter Stimme.

Sie ließ für einen Moment ihre Hand auf meinem Arm ruhen. »Tessa wird geliebt. Dadurch bleibt sie immer ein Teil von uns.«

Antje stellte ein großes Glas Wasser auf den Tisch. An den Platz, an dem ich auch früher immer gesessen hatte, wenn ich zu Besuch war. »Möchtest du einen Kaffee? Hast du schon gefrühstückt?« Sie musterte mich. »Du hast abgenommen.«

Ohne meine Antwort abzuwarten, gab sie Kaffeepulver in einen Filter, kochte Wasser, stellte einen Korb mit

Rosinenbrötchen auf den Tisch, Butter, Marmelade, Teller. Von ihr habe ich viel gelernt. Sie war die Mutter, die ich nie gehabt hatte.

»Es tut mir leid. Ich hätte schon viel früher kommen sollen.«

»Du musst dich nicht entschuldigen. Und nichts erklären. Ich freue mich, dass du jetzt hier bist. Nur schade, dass Jens nicht da ist. Erzähl, was macht deine Arbeit?«

Wir sprachen über meine aktuelle Übersetzung. Und dann über Tessa. Wie sehr sie uns fehlte, wie viel sie uns bedeutete. Und dass sie immer noch Teil von uns war, ihren Platz in unseren Herzen hatte. Gemeinsam fuhren wir zum Friedwald. Tessa hatte Eichen geliebt. Sie war überzeugt davon, dass die Früchte, die sie im Herbst sammelte, Glück brachten. Eicheln in jeder meiner Taschen. Auf meinem Bürostuhl, neben meinem Notebook, in meinem Schuh, im Zahnputzbecher. Sie versteckte sie überall. Und immer hatte ich mich gefreut, wenn ich eine fand. Kleine Glücksbotschaften an mich.

Wir legten unsere Hände auf die sonnengewärmte Rinde, weinten. Tessa war bei uns in diesem Moment. Ganz nah.

Obwohl ich traurig war, ging es mir besser.

Ich hörte die letzte Nachricht ab, die sie mir auf die Mailbox gesprochen hatte. Ihre fröhliche Stimme, ein wertvoller Schatz auf meinem Handy.

»Können wir heute Abend ins Kino gehen? Ich habe Lust auf Popcorn. Oder vielleicht doch lieber Nachos mit Käsecreme. Oder schauen wir einen Film zu Hause? Aber nichts Spannendes, und bloß keinen Liebesfilm. Heute habe ich Lust auf etwas Lustiges. Bei mir oder bei dir?

Bestellen wir Pizza oder Sushi? Ich hab auch noch eine Flasche Champagner hier. Kommst du zu mir? Ich warte auf dich, Soffi!«

Irgendwann würden wir uns wiedersehen.

7.

Thomas stand in meinem Arbeitszimmer. Vor meinem Schreibtisch. Ich sah sofort, was er in den Händen hielt. Mein Magen zog sich zusammen.

»Bevor du fragst – ich habe nach einem Briefumschlag gesucht.« Er hielt die beschriebenen Papierbögen hoch. »Das hier habe ich nur zufällig gefunden. Du weißt, normalerweise würde ich nie in deinen Sachen … Ich dachte zuerst, das sind Übersetzungen. Aber dann … der himbeerrote Schal. Tessa.«

»Träume«, sagte ich.

Mein Mund fühlte sich staubtrocken an.

»Das habe ich wohl verstanden.« Er ließ die Bögen auf den Schreibtisch sinken, sah mich vorwurfsvoll an. »Und ich dachte, du stehst jede Nacht auf, weil du vor Trauer nicht schlafen kannst.«

»Das auch.« Ich fühlte mich ertappt, im nächsten Moment zornig. Er selbst legte großen Wert auf seine Privatsphäre. Aufgewühlt suchte ich nach den passenden Worten, fand sie nicht.

»Ich wollte sowieso mit dir reden.« Entschlossenheit

klang in seiner Stimme mit. »Sollen wir einen Kaffee trinken?«

Schweigend gingen wir in die Küche.

Ich hatte es nicht gewusst. Nicht einmal geahnt. Während ich noch von einem anderen Leben träumte, hatte Thomas seine Träume bereits verwirklicht. Mit einer Kollegin.

»Die vielen Konferenzen. Seit wann?«

Er wurde rot, fasste sich aber schnell wieder. »Wer ist Max?«

»Ein Traum.« Ich sah ihm direkt in die Augen. »Seit wann?«

»Januar. Ich wollte es dir gleich sagen, aber dann ist …«

»… das mit Tessa passiert«, vervollständigte ich den Satz. Überrascht, wie klar ich plötzlich alles sah. Erschreckend emotionslos.

»Da habe ich es sofort beendet. Aber nach unserer Rügenreise … du hast mich nicht an dich rangelassen. Ich hab's versucht, Sophie, ehrlich. Aber du hast nur noch in deiner eigenen Welt gelebt. Es tut mir leid, aber ich kann das nicht mehr. Ich bin doch schon lange nicht mehr dein Mann. Und Nicole …«

Sport und Mathe. Ich kannte sie. Zwei kleine Kinder, ein Mädchen und ein Junge. Die Familie, die er sich immer gewünscht hatte. Ich schwieg, wartete und nahm ihm schließlich die Entscheidung ab. »Wir trennen uns also.«

Er nickte erleichtert. Eine Last war von ihm gefallen – ich. »Das wird wohl das Beste sein. Ich gehe. Aber wenn es dir lieber ist, wenn du nicht allein sein möchtest, bleibe ich. Auch wenn wir uns auseinandergelebt haben, bist du noch immer meine Frau. Du bist mir wichtig. Ich möchte, dass es dir gut geht.«

Die Wohnung hatte meinem Großvater gehört. Er hatte sie mir schon zu Lebzeiten überschrieben. Nach seinem Tod war ich dort eingezogen. Später hatte Thomas seine Büromöbel mitgebracht, sich sein Arbeitszimmer eingerichtet, den Kaffeevollautomaten gekauft, den 65-Zoll-Fernseher, das Ledersofa, die Hälfte des Kleiderschranks im Schlafzimmer, die Federbetten. Er zahlte die Nebenkosten und übernahm die Hälfte der Haushaltskasse. Obwohl wir verheiratet waren, hatten wir getrennte Kassen. Er wollte es so.

Mein Mann bräuchte nicht viel Zeit, um sein Leben von meinem zu trennen.

Ich stand auf. »In zwei Stunden bin ich wieder da. Das dürfte reichen, damit du vorerst ein paar Sachen zusammenpacken kannst. Alles andere klären wir dann später.« Er wollte mich verlassen. Das sollte er ohne mich machen.

Was blieb, war ein Zettel auf dem Küchentisch.

Es tut mir leid.

8.

Ich wünschte mir, es wäre Nacht.

Zu wissen, dass du in meinen Träumen wartetest, gab mir Halt. Nur noch schlafen, einfach nie wieder aufwachen. Stattdessen räumte ich die Spülmaschine aus, nahm die Küchenuhr von der Wand, ölte die quietschende Schranktür, saugte die Wohnung, goss die Pflanzen auf dem Balkon, setzte mich vor den Fernseher, trank eine halbe Flasche Wein. Und dann ging ich ins Bett, wälzte mich mit dem Gefühl herum, verlassen zu sein. Nach und nach hatten sich die wichtigsten Menschen in meinem Leben von mir verabschiedet: mein Vater, Tessa, Thomas. Ich war allein.

Irgendwann schlief ich erschöpft ein. Mitten in der Nacht wachte ich wieder auf. Du warst mir fern geblieben. Meine Träume ruhten auf dem Schreibtisch. Ich stand auf, ging ins Arbeitszimmer, verzichtete auf Kaffee, schenkte mir stattdessen noch ein Glas Wein ein, setzte mich in Tessas Sessel, begann zu lesen. Als ich in Gedanken durch die Hohlwege der Dünenlandschaft ging, fiel mir auf, dass Lotte in meinen Träumen nie an meiner Seite war. Im gleichen Augenblick bemerkte ich, dass sie sich nicht ins Zimmer geschlichen hatte. Waren die langen Spaziergänge, der Besuch in der Lüneburger Heide zu anstrengend gewesen? Ich rief nach ihr, lauschte, rief noch einmal, ging ins Wohnzimmer.

Sie lag zitternd in ihrem Körbchen, Speichel lief aus dem Maul. Mein Herzschlag beschleunigte sich. Ich streichelte ihren Kopf, sprach mit ihr. Sie wedelte kraftlos mit dem Schwanz. Es war vier Uhr, mitten in der Nacht. Ich holte mein Telefon, suchte nach der Notfallnummer der Tierklinik. Verfluchte den Wein. Lotte war schwer. Auf dem Weg zum Taxi hätte ich sie ein paarmal fast fallen lassen. Eine knappe Stunde später hing sie am Tropf.

Ich hatte nicht gewusst, dass Kirschen für Hunde tödlich sein können.

»Es waren nicht viele«, erklärte ich mit matter Stimme. »Lotte hat sie auf der Wiese gefunden. Als ich es bemerkt habe, habe ich sie sofort gerufen.« Ich hatte nicht gut genug auf sie geachtet. Und dabei hatte ich es versprochen.

»Pass gut auf sie auf«, hatte Tessa gesagt, als ich mich im Krankenhaus von ihr verabschiedet hatte, nicht ahnend, dass ich meine Freundin nicht wiedersehen würde.

»Mit einer Blausäurevergiftung ist nicht zu spaßen. Gut, dass Sie heute Nacht noch gekommen sind.« Die Ärztin streichelte Lotte über das Fell. »Ihre Golden-Retriever-Dame ist in guter Verfassung. Und wenn es nicht viele Kirschen waren, kann sie es schaffen. Garantieren kann ich es leider nicht.« Sie sah zu mir. »Möchten Sie bei ihr bleiben?«

Ich setzte mich auf einen Hocker, legte meine Hand auf Lottes zitternden Körper, strich über ihr weiches Fell.

Sprach leise mit ihr. Sagte ihr, dass ich verstehen würde, wenn sie für immer bei Tessa sein wollte. Und bat sie doch, bei mir zu bleiben. Ich brauchte sie mehr als sie mich.

Am Mittag hatten wir es geschafft. Ich rief Antje an, erzählte unter Tränen, was passiert war. Von Lotte. Und von Thomas.

Eine Stunde später war sie da. »Ihr bleibt jetzt erst einmal bei uns, Lotte und du«, entschied sie.

9.

Thomas hatte sich aus meinem Leben verabschiedet, und ich stellte fest, dass es mir erschreckend gut ging damit. Aber dass auch du mich verlassen hattest, wollte ich nicht hinnehmen. Immer wieder schlichst du dich in meine Gedanken, doch in den Nächten bliebst du fern. Du fehltest mir, ich vermisste, was wir niemals waren. Meine Träume wogen mehr als die Jahre, die ich mit Thomas verbracht hatte. An ihn dachte ich selten. Vor dem Einschlafen suchte ich dich in meinen Gedanken, sah dich vor mir, uns: beim Spaziergang durch den zugeschneiten Park, am Wasser stehen und die Möwen beobachten, Glühwein trinken … Ich wünschte mir, dass du mich besuchen würdest, ich mich wieder lebendig fühlte in deiner Nähe. Aber es gelang mir nicht, dich mit in meine Träume zu nehmen.

Die Nächte vergingen. Die Heide begann zu blühen, der wilde Thymian auf den Magerrasenflächen. Jeden Tag verbrachte ich Zeit in der Natur. Lotte hatte sich erholt. Und ich mich auch. Antje und Jens gaben mir Halt, das Gefühl von Geborgenheit. Wie eine warme Decke hüllte mich die Fürsorge der beiden ein. Ich sortierte meine Gefühle. Sah klar, beendete meine Übersetzung. Schmiedete Pläne. Dachte an eine Wohnung oder ein kleines Haus mit Garten, ohne Kirschbaum. In der alten Heimat, denn hier war ich zu Hause, hier waren Menschen, denen ich wichtig war, die mir wichtig waren. Doch zuerst würde ich wieder nach Hamburg gehen. Mit Thomas über die nächsten Schritte unserer Trennung sprechen. Immerhin waren wir verheiratet. Da gab es einiges zu klären.

Es wurde Zeit, mein eigenes Leben zu leben.

Ich schloss die Augen, drehte mein Gesicht in die warme Nachmittagssonne und nickte ein.

Da kamst du zu mir zurück. Ich träumte von unserer ersten und einzigen echten Begegnung. Wie ich den Kaffee auf dein Hemd geschüttet hatte, du mich um Verzeihung gebeten, dich verbeugt und das Café verlassen hattest. Wie auch ich hinaus auf die Straße gegangen war.

Im echten Leben endete hier meine Erinnerung. Aber im Traum lebte sie weiter.

Auf der Straßenseite gegenüber steht ein weißer Lieferwagen vor dem Haus. Der Motor startet. Ich beobachte, wie der Wagen langsam über das Kopfsteinpflaster die Anhöhe hinaufrollt. Mir fällt das Rügener Kennzeichen auf. Und die rothaarige Frau, die kurz winkt, bevor sie in das Geschäft verschwindet. Werkladen, *lese ich,* Kunst. Design. Handwerk.

Hattest du in dem Lieferwagen gesessen? Sofort war ich hellwach. Ein Kribbeln erfasste mich. Warum sonst sollte ich davon geträumt haben? Ich wollte, dass du es warst.

Die Frau war real. Ich hatte sie nach meinem Cafébesuch in dem Laden gesehen. Ihr warm leuchtendes rotes Haar war mir aufgefallen, als ich die kleinen gerahmten Aquarelle im Schaufenster betrachtet hatte. Im Traum hatte sie dir gewinkt, schien dich zu kennen.

Lebtest du auf der Insel?

Ich versuchte mich zu erinnern. Hatte mein Unterbewusstsein mich etwas sehen lassen, das nie passiert war – und ich mir doch sehnlichst wünschte?

Keine halbe Stunde später suchte ich nach einem Ferienhaus auf Rügen, fand eins, das kurzfristig frei geworden war, am nördlichen Rand der Halbinsel Jasmund, direkt an der Steilküste. Mit Blick aufs Meer.

10.

Das Wasser des Meerarmes glitzerte silbern in der späten Nachmittagssonne. Im Schritttempo überquerte ich. Auto an Auto, im Stau.

Ich fuhr nach Rügen, um dich zu finden. Der Traum unserer ersten Begegnung verfolgte mich. *»Und wohin kämen wir ohne Illusionen?«*, ging mir Balzac durch den Kopf. Doch nicht jede mochte verloren sein. Ich wollte dich nicht verloren geben.

Seitdem ich über die Brücke gefahren war, erfüllte mich eine seltsame Ruhe. Goldfarbene Weizen- und sattgelbe Senffelder zogen an mir vorbei, dichte Waldabschnitte, Alleen und kleine Dörfer. Ich ließ mich gedankenlos in den Anblick fallen.

Ein weißer Lieferwagen bog vor mir auf die Straße ein. Mein Herz schlug schneller. Bis ich ihn an einer zweispurigen Stelle überholen konnte. Was hatte ich erwartet? Dich? Hinter dem Steuer saß eine Frau mit langem blondem Haar.

Wie viele weiße Lieferwagen es auf Rügen wohl gab? Ob ich nun kopflos hinter jedem herfahren würde? Und was täte ich, wenn ich dich wirklich fände.

Um fünf Uhr fuhr ich an dicht stehenden Buchen vorbei, bog in eine Sackgasse, hielt vor einem dunkelroten Holzhaus mit Rohrdach, weißer Haustür und ebenso weißen Sprossenfenstern. Von der Straße zurückgesetzt, stand es auf einem umzäunten Grundstück.

Ich stieg aus, drückte das Gartentor auf und ging über die abgetretenen Pflastersteine zum Haus.

Die Tür schwang auf, bevor ich klopfen konnte. Eine zierliche alte Frau blickte mir entgegen. Ihr Gesicht war gebräunt faltig, ihre Augen blau und erstaunlich klar.

»Frau Melchow?« Ich stellte mich kurz vor.

Ein knappes Nicken. »Kommen Sie. Ich zeige Ihnen alles.« Sie schob sich eine nasse Strähne ihres langen grauen Haars hinters Ohr, Wasser tropfte auf das schlichte Frotteekleid, hinterließ dunkle Flecken auf dem hellgrünen Stoff. »Ich war gerade im Meer.« Ihre helle melodische Stimme erschien mir ungewöhnlich für eine Frau, die ich auf über siebzig schätzte. Sie griff in die Tasche ihres Kleides, zog einen Schlüssel heraus und trat nach draußen.

Während ich der zarten Gestalt folgte, fiel mir auf, dass sie barfuß war. Ich mochte ihre Natürlichkeit, den forschenden neugierigen Blick, ihren leichtfüßigen Gang. Wie ein Mädchen, schoss es mir durch den Kopf.

Sie schloss die Tür der benachbarten Haushälfte auf.

Flüchtig sah ich mich um. Ein mit weißen Fliesen gekachelter Ofen, eine taubenblaue Couch. Und über einem dunklen Holztisch das große Sprossenfenster mit Blick in den Garten. Auf einen Apfelbaum. Er hing voller grüner Früchte.

Auf einmal kam mir alles unwirklich vor. Frau Melchow bemerkte meinen Blick. »Ein Winterapfel.«

Ich trat ans Fenster, öffnete es. Das Haus stand auf einer Anhöhe, die am Ende des Grundstücks steil abfiel. Mitten im Garten der Apfelbaum. Dahinter das Meer. War ich im Haus aus meinen Träumen angekommen? Träumte ich?

»Nachts kann man das Leuchtfeuer von Kap Arkona sehen. Wenn es Sie beim Schlafen stört, können Sie oben im Zimmer die Holzläden zuklappen.«

Ich riss mich vom Anblick los und drehte mich zu ihr. »Das werde ich. Danke.«

»Und falls Sie heute noch baden wollen, sollten Sie gleich runter ans Wasser gehen. Wir haben hier einen Naturstrand, sehr steinig, direkt am Hochufer gelegen. Aber hinter dem Garten führt ein Pfad hinunter zu einem kleinen Streifen Sand.« Sie sah an mir vorbei aus dem Fenster. »Sie sollten sich beeilen. Im Laufe des Abends wird das Wetter umschlagen, es wird ungemütlich.«

Der Himmel war fast wolkenfrei, die Sonne schien. Aber ihre Stimme duldete keine Zweifel.

»Wie viel Zeit habe ich noch?«, fragte ich.

»Etwa zwei Stunden.«

»Dann gehe ich jetzt eine lange Runde mit meiner Hündin.« Mit meiner Hündin. So hatte ich Lotte noch nie genannt. »Das Baden verschiebe ich auf morgen.«

Im Türrahmen blieb sie noch einmal stehen. »Ich heiße Marlene.«

»Mein Name ist Sophie.«

»Schön, Sophie. Wenn du irgendetwas brauchst, findest du mich gleich nebenan.«

Sie ging.

Ich holte meinen Koffer und Lotte. Dann brachen wir auf zum Strand.

11.

Die Meeresluft war durchsetzt mit Algengeruch. Ich atmete tief ein, fühlte mich befreit. Noch hatte die Sonne ihre Kraft nicht verloren, blitzte zwischen den Wolken hindurch, die sich am Himmel verdichteten. Schützend hielt ich die Hand vor die Augen, sah hinüber zur Nordspitze der Insel und ließ meinen Blick über die Steilküste schweifen. Die alten Buchenwälder hoben sich von den Kreidefelsen ab. Das dunkle Grün der Bäume und das strahlende Weiß der Kreide spiegelten sich im Wasser, vermischten sich zu einem leuchtenden Türkis. Auf der Landzunge die Silhouette des Leuchtturms von Kap Arkona.

Ich zog meine Sandalen aus und ging über den feuchten, festen Sand bis zum Wasser, wartete auf die nächste Welle, sah zu, wie sie über meine Füße schwappte, bis zu meinen Knien spritzte. Den Blick auf den Horizont gerichtet, blieb ich stehen.

Neben mir fiepte Lotte. Ich löste die Leine.

Ausgelassen rannte sie ein paar Meter an der Wasserkante entlang, vollführte plötzlich eine Kehrtwende, stürmte zu mir zurück und sprang an mir hoch. Ihre sandigen Pfoten landeten auf meinem Bauch. Ich schob sie von mir runter, streichelte ihr über das Fell und kniete mich neben sie. Schaute aufs Meer hinaus.

So hatte ich mir mein Leben nicht vorgestellt.

Zu zweit. Der Hund und ich. Aber wenn ich ehrlich war, fühlte ich mich in diesem Moment freier, als ich es seit Langem getan hatte.

Um mich herum nicht das Rauschen der Autobahn, sondern das des Meeres. Und im Garten der Apfelbaum. In Hamburg wartete die Wohnung. Mit Kartons, die zu packen waren, einem Leben, das auseinandersortiert werden musste. Aber jetzt war ich hier.

Ich zog meine Sandalen wieder an, spazierte an der Meerschaumlinie entlang. Muscheln knirschten unter meinen Sohlen. Zum Rauschen der Wellen gesellte sich das Klackern der Kiesel, die an Land und wieder zurück gespült wurden. Der Wind hatte aufgefrischt, am Himmel türmten sich dunkle Wolken. Die Blätter der Buchen raschelten in der Brise. In die Zweige der Büsche, die am Fuß des Hochufers wuchsen, hatte irgendjemand Strandgut gebunden. Kleine Holzstücke, Hühnergötter, Federn, Muschelketten, durch die der Seewind fuhr.

Unwillkürlich musste ich an Marlenes Vorhersage denken.

Ich rief Lotte und ging zurück zum Haus.

Am Türknauf hing ein Stoffbeutel. Darin fand ich ein halbes Brot, ein Schälchen Butter, Meersalz.

Das Fenster nebenan ging auf.

»Ein kleiner Willkommensgruß!«, rief Marlene herüber.

Die herzliche Freundlichkeit tat gut.

Ich bedankte mich, ging hinein, versorgte Lotte, legte ihre Decke vor den Kachelofen.

Du schlichst dich in meine Gedanken und wie im Traum das Kaminfeuer nach dem Abend im Schnee geknistert hat. Ich stellte mir vor, wie ich meinen Kopf an deine Schulter lehnte.

Was, wenn ich dir wirklich begegnete?

Würde ich der Sehnsucht nachgeben?

Das Schlafzimmer hatte ich mir noch nicht angesehen. Lotte lag zufrieden auf ihrer Decke. Mit den Augen verfolgte sie, wie ich den Koffer nach oben trug.

Das Bett war schnörkellos und wie die anderen Möbel im Haus aus Eichenholz gebaut. Eine weiße Tagesdecke lag ordentlich über dem leichten Federbett. An der Kopfseite lehnten Kissen in leuchtendem Türkis, Orange, Gelb, dunklem Pink, Lila. Wie Fundstücke aus Tausendundeiner Nacht. Darüber an der Wand ein Regal aus einem alten Holzbrett, bestückt mit Teelichtern aus milchigem Glas. Darunter ein Traumfänger aus Strandfundstücken: Muscheln in den unterschiedlichsten Farben und Formen, Federn, Holzstücke, Hühnergötter. Sie erinnerten an die Zweige am Hochufer.

Mit den Fingerspitzen fuhr ich über die Federn, atmete tief durch. Das Licht warf Schatten auf den Sessel vor dem Fenster. Der ideale Platz zum Lesen. In den letzten Wochen hatte mir die innere Ruhe gefehlt, mich ganz den Worten hinzugeben. Hier würde es mir gelingen, da war ich mir sicher.

Ich ging zum Fenster, sah über den Apfelbaum hinweg zum Meer. Das Wasser hatte die Farbe des Himmels angenommen, die Sonne versteckte sich hinter den Wolken, fand ihren Weg nicht mehr durch das dichte Grau. Und doch schien es mir, als hätte ich nie etwas Schöneres gesehen. Ich öffnete das Fenster, hörte den Klang des Meeres. Unten in der Bucht brachen sich die Wellen, wenn sie auf das Ufer trafen. Ich gab mich dem Geräusch hin, spürte den Wind, der über mein Gesicht strich, bis er Regen auf meine Haut trieb. Schnell drückte ich die Fensterflügel zu, lauschte dem Prasseln, das von Sekunde zu Sekunde kräftiger gegen die Scheiben schlug. Ich konnte das Meer nicht mehr hören. Aber ich konnte es noch immer sehen, rau und fordernd.

12.

Warme Lichter auf der Fensterbank, der Kommode, dem Kachelofen, dem schmalen Regal über der Couch. Ich hatte den Koffer ausgepackt, den Tisch gedeckt und Kerzen angezündet. Im Pyjama saß ich auf der Holzbank, die Beine auf der Sitzfläche ausgestreckt, und schaute in den Garten. Hinter jedem Fenster das Meer. Es hatte aufgehört zu regnen. Nun blies Wind durch die Zweige des Apfelbaums. Über Kap Arkona ging die Sonne unter. Ein Blitz zischte durch den glutroten Himmel über dem Wasser.

Es ging mir gut. Zufrieden mit mir allein, wartete ich auf den Sturm, der nicht kam.

Ich aß von Marlenes Brot, großzügig mit Butter beschmiert, darauf Salz. Es war perfekt, die Kruste kross, die Krume weich, schmeckte dezent nach Kümmel und Fenchelsamen. Dazu einen Shiraz. Ich genoss mit geschlossenen Augen den ersten Schluck, deine Stimme in meinem Kopf. *Intensiv. Fruchtig. Wärmend. Wie du.*

Ich kannte dich, ohne dich zu kennen, erinnerte mich an Gespräche, die wir nie geführt hatten. Meine Vorstellung von dir war so konkret, dass sie mir real erschien. Aber wie warst du wirklich? Saßest du, wie ich, abends am Tisch und trankst Wein? Dachtest du dabei an die Geschehnisse des Tages, freutest dich auf die Stille der Nacht? Allein, zu zweit? Gab es eine Frau in deinem Leben? Kinder? Wovon träumtest du?

Warum kamst du mich nicht mehr besuchen?

Um halb elf legte ich mich ins Bett. Zwischen den bunten Kissen dachte ich an dich. An Dahlmanns Bazar, den verschütteten Kaffee, die Frau mit dem roten Haar. Verlor mich im Schlaf.

In der frühen Morgendämmerung schreckte ich hoch. Es war vier Uhr, meine Lider schwer, doch mein Herz klopfte wild in meiner Brust. Hatte ich geträumt? Ich drehte mich von einer Seite auf die andere. Noch immer rüttelte der Wind an den Holzläden.

Ich stand auf, stellte mich ans Fenster. Die Nacht war fast schwarz. Nur das Licht des Leuchtturms blitzte in regelmäßigen Abständen auf. Zu weit weg, um auch die Küste hier zu erleuchten. Dann riss der Himmel auf. Der Wind schob die Wolken beiseite, gab den Mond frei. Ich spähte hinunter zum Wasser. Mein Blick blieb an den Lorbeersträuchern nahe dem Abhang hängen. Dort stand eine zierliche Frau in einem hellen Nachthemd. Ihr langes Haar flatterte im Wind. Sie sah zum Meer.

Unschlüssig verharrte ich, gleichermaßen fasziniert wie besorgt. Und genauso plötzlich, wie die Dunkelheit verschwunden war, kam sie zurück und verschluckte Marlene.

Ich lief nach unten in den Garten, mit nackten Füßen

über das feuchte Gras. Wind blies mir entgegen, pfiff vom Meer den Hügel hinauf. Hinter mir fiel scheppernd die Glastür zu.

»Marlene!«, rief ich.

»Hier!«

Ich drehte mich um. In diesem Moment blinkten unzählige Lämpchen zwischen den Rosen auf, die an der Hauswand rankten. Marlene stand auf der überdachten Terrasse ihrer Haushälfte. Im Lichtschleier der beleuchteten Blüten sah sie sehr verletzlich aus. Mit ihrem viel zu großen zartrosa Nachthemd und dem zerzausten Haar.

»Kannst du auch nicht schlafen?«, rief sie. »Komm!«

Es waren nur ein paar Schritte. »Ich habe dich hier draußen gesehen. Ist alles in Ordnung?«

»Was hältst du von einem Chartreuse? Ein Likör aus einhundertdreißig Kräutern. Von Kartäuser Mönchen des Klosters Grand Chartreuse erfunden.«

»Gelb oder grün?«

»Du kennst ihn?« Ein Funkeln in ihren Augen. »Ich habe den grünen hier. Setz dich.«

Sie ging ins Haus und kam kurz darauf zurück. Mit Decken und zwei gefüllten Gläsern, in denen hellgrüne Flüssigkeit schwappte.

»Das Meer gibt, das Meer nimmt.« Ihr Ton war sanft. Und ernst. Vorsichtig stießen wir die Gläser aneinander. »Erzähl mir von dir.«

Der Chartreuse brannte in der Kehle, ließ den Geschmack von Tannennadeln, Fenchel, Melisse in meinem Gaumen zurück. Würzig und süß. Er wärmte von innen.

Und ich erzählte. Von den Sommerferien, die ich als Kind oft mit meinem Vater an der Côte d'Azur verbracht hatte. In Cavalaire-sur-Mer, dem Geburtsort meiner Großmutter, deren Namen ich trug. Von meinem deutschen Großvater, der sich in der Besatzungszeit in sie verliebt und ihr versprochen hatte, für sie und das Kind, das sie erwartete, zu sorgen. Dass er in Kriegsgefangenschaft geraten war, während sie der horizontalen Kollaboration bezichtigt, geächtet wurde. Wie sie geschoren, gedemütigt worden, hochschwanger nach Paris geflüchtet war. Dass er seine kleine Familie nach Kriegsende gefunden und mit nach Deutschland genommen hatte. Und dass die Geschichte am Ende dennoch tragisch ausgegangen war, da meine Großmutter an Tuberkulose starb, als mein Vater gerade vier Jahre alt gewesen war.

»Sie haben sich gefunden«, sagte Marlene. »Das zählt. Die Liebe findet immer ihren Weg.«

»Der untrügliche Instinkt der Liebe, der unaufhaltbar das Herz findet, keine Angst kennt.« Mit bis zum Kinn angezogenen Knien, die Arme um meine Unterschenkel geschlungen, saß ich auf der Bank und erzählte. Von Balzac und meiner Arbeit als Übersetzerin. Von meinem Vater, der mich zweisprachig erzogen hatte. Wir tranken noch ein Gläschen, die Decken über unsere Schultern gelegt. Marlene stellte Fragen, hörte zu.

Ich sagte ihr, dass das Herz meines Vaters mit neunundsiebzig Jahren aufgehört hatte zu schlagen. Und dass nur elf Monate nach seinem Tod ein Riss in Tessas Herzwand zu spät entdeckt worden war.

Marlene war mir fremd und doch nah. Ich fühlte mich wohl und sicher bei ihr.

Den Grund für meine Reise nach Rügen behielt ich jedoch für mich. Du warst mein Geheimnis. Die Sehnsucht in mir, die mich spüren ließ, dass mein Herz noch nicht aufgehört hatte zu schlagen, dass ich noch lebte.

Langsam wurde es hell. Der Himmel färbte sich rosa. »Kommst du mit ins Wasser?«

Ich sah skeptisch zum Meer.

»Es ist nur im ersten Moment kalt. Du gewöhnst dich schnell daran.« Marlene stand auf. »Ich hole zwei Handtücher.«

Der Wind hatte etliche kleine Muscheln an Land gespült. Ein dichter knirschender Teppich unter unseren Füßen. Weiße Schaumkronen zierten den Spülsaum, lösten sich, flogen durch die Luft.

Wir zogen unsere Kleidung aus, beschwerten sie mit einem Stein. Ein zartrosa Nachthemd, ein grau-blau gestreifter Pyjama.

Auf den ersten Blick wirkte Marlenes nahtlos gebräunter Körper zerbrechlich. Ihrem faltigen Dekolleté, den schlaffen kleinen Brüsten und dem von vielen feinen Falten durchzogenen Gesicht sah man an, dass sie keine junge Frau mehr war. Doch ihre Beine und Arme waren erstaunlich straff, die Haut glatt. Ich fragte sie nach ihrem Alter.

»Sechsundsiebzig.« Flink lief sie über die spitzen Steine und zerbrochenen Muschelschalen, drehte sich um. »Komm!«

Ich folgte ihr, ignorierte das Piken unter meinen Füßen und die Gänsehaut, die sich über meinen Körper legte, während ich mich Meter für Meter weiter ins kalte Wasser wagte. Ihr reichte es inzwischen bis zum Bauch. Sie hob die Arme hoch, tauchte kopfüber unter, wieder auf und schwamm mit kräftigen Zügen hinaus.

Das Meer war ruhig, schwappte sanft an mir hoch. Als es meine Brust erreichte, mein Herz unter die Wasserlinie tauchte, wandte ich den Wellen den Rücken zu, ließ mich in sie hineinfallen, von ihnen treiben, fühlte mich leicht. Lebendig. Ich schloss die Augen, und dabei kam mir mein Vater in den Sinn. Wie er mir während eines Frankreich-Urlaubs beigebracht hatte, auf dem Wasser zu liegen. Seine Hand ruhte unter meinem Rücken.

»Entspann dich, Sophie. Lass los. Vertrau mir. Dir.«

Damals war ich zehn gewesen. Jeden Tag gingen wir zu der kleinen Bucht westlich des Hauptstrandes unterhalb der Straße, hinter dem kleinen Wäldchen. Feiner, heller Sandstrand, türkisblaues warmes Wasser, unbeschwerte Urlaubstage. Wir beide, mit unseren Büchern am Strand. Mein Vater mit seinem Zigarillo, den ausgefransten Strohhut in die Stirn gezogen. Französische Musik aus dem altmodischen Kofferradio. Riesige Stücke Wassermelone, würziger Käse, Oliven. Der Rotwein, an dem ich nippen durfte. Und sein Lachen, als ich mich schüttelte und das Gesicht verzog.

Meine Kindheit war glücklich gewesen. Ich war geliebt, behütet worden. Durch ihn.

»Du bist klug, stark und mutig. Vergiss das nie, Sophie. Für jedes Problem gibt es eine Lösung. Immer. Du musst nur an dich glauben. So wie ich an dich glaube.«

Ich öffnete die Augen. Über den Buchen am Steilhang war die Sonne aufgegangen. Licht tanzte durch das Grün der Blätter. Der Anblick hätte meinem Vater gefallen. Auf Rügen war er nie gewesen. Die Ostsee war ihm zu kalt. Ins Meer waren wir nur gegangen, wenn das Wasser warm genug war.

Ich drehte mich auf den Bauch, kraulte Marlene entgegen. Nebeneinander schwammen wir zurück, gingen an Land, rubbelten unser Haar trocken. In Handtücher gewickelt, stiegen wir schließlich den Trampelpfad hinauf und blieben vor dem Haus stehen. »Danke für die schöne Zeit, Marlene. Und fürs Zuhören.«

»Ich habe dir zu danken. Für deine Offenheit.« Sie lächelte. »Was hast du heute vor?«

»Bücher kaufen, lesen, spazieren gehen, vor Sonnenuntergang noch einmal im Meer baden.«

»Wenn du Gesellschaft möchtest, weißt du ja, wo du mich findest.«

»Auf das Angebot komme ich gern zurück.« Ich wandte mich um und drückte die Terrassentür auf. Lotte erwartete mich mit freudigem Blick und wedelnder Rute.

Bevor ich für eine weitere Stunde ins Bett kroch, fiel mein Blick auf den Apfelbaum vor dem Fenster. Der Baum, die Träume – das alles war mir so vertraut. Ich fühlte mich zu Hause in dem roten Rohrdachhaus am Meer.

13.

Lotte war bei Marlene geblieben. Ein schattiges Plätzchen im Garten war bei dem Wetter das Beste für sie. Es war ein heißer Sommertag, der Himmel wolkenlos. Die Sonne hatte längst den Regen des gestrigen Abends getrocknet.

Ich parkte am Sassnitzer Stadthafen, ging am Wasser entlang, vorbei an weißen Segel- und Motoryachten, roten, gelben und grünen Fischerbooten, die auf den Wellen schaukelten. Bei den Räucherkuttern blieb ich einen Moment stehen, lief weiter über die Strandpromenade, bewunderte die verspielten weißen Hotels und Pensionen aus der Zeit der Bäderarchitektur, bevor ich die steile Treppe hinaufstieg, die hoch in die Altstadt führte. Die verwinkelten Gassen mit ihrem mediterranen Flair hatten mich schon bei meinem letzten Besuch begeistert. Fontanes Inspirationsstätte, ehe er Effi Briest und Baron von Innstetten nach Sassnitz reisen ließ. Sie, geplagt vom schlechten Gewissen ob ihres Ehebruchs, der Baron argwöhnisch und voller Misstrauen. Ich hingegen war ahnungslos gewesen, als ich mit Thomas hier entlanggegangen war, während er sein Herz längst an eine andere verloren hatte.

Mit mir waren etliche Touristen unterwegs. Auf den Spuren von Effi Briest. Auf dem Weg zu den Kreidefelsen. Zu den Fahrgastschiffen, die zu Ausflügen aufbrachen, bis zum Königsstuhl. Zum Essen an der Promenade. Zu den Kuttern, die Matjes, Back- und Räucherfisch anboten.

Mein laut klopfendes Herz führte mich jedoch direkt zu dem Werkladen. In der Hoffnung, eine Spur zu dir zu finden.

Wie in meinem Traum stand ich vor dem weißen Haus und betrachtete die kleinen Gemälde im Schaufenster. An der Theke im Verkaufsraum lehnte eine Frau, ihr Haar war schwarz.

»Das ist doch verrückt«, sagte ich leise.

Dann trat ich durch die Ladentür, blieb kurz stehen, besah unschlüssig die kleinen Kunstwerke in den Regalen. Gemälde, Skulpturen, aber auch Keramik, Taschen, Schmuck und andere handgefertigte Produkte.

Die Frau hinter der Theke warf mir einen freundlichen Blick zu. »Kann ich Ihnen helfen?«

Ohne weiter darüber nachzudenken, fragte ich nach der Frau mit dem roten Haar und ob sie vielleicht hier arbeitete.

Die Verkäuferin zog die Stirn kraus, schüttelte den Kopf.

»Es war ein Freitag.«

»Da kassiert in der Regel meine Aushilfe. Sie ist allerdings blond«, erwiderte sie. »Tut mir leid.«

»Muss es nicht. Danke.« Einen Moment zögerte ich, dann fragte ich doch: »Und ein weißer Lieferwagen? Er stand direkt vor ihrem Laden.« Ich erzählte von dem Kaffeefleck auf deinem hellblauen Hemd und dass ich es wiedergutmachen wollte.

Sie musterte mich. »Das ist mehrere Monate her.«

»Aber vielleicht ist er häufiger hier, der Wagen hatte ein Rügener Kennzeichen.« Plötzlich kam ich mir albern vor. »Es war nur eine spontane Idee. Ich hatte gehofft, dass die rothaarige Dame eine Mitarbeiterin ist. Sie kannte ihn. Trotzdem vielen Dank.«

Ich wollte schon gehen, da sagte sie: »Geben Sie mir Ihre Kontaktdaten. Ich schaue später mal in meinen Unterlagen nach und melde mich, falls ich doch noch etwas herausfinde.« Sie hielt mir einen Notizblock und einen Stift hin. »Wenn Sie Glück haben, hat die rothaarige Dame etwas Größeres gekauft. Dann erinnert sich Natascha vielleicht an sie.«

Ich schrieb meinen Namen, die Handynummer und *Danke* auf, ehe ich den Block zurückreichte.

»Wenn Sie Pech haben, war es seine Frau.«

Ich schwieg. Mit dem Daumen fuhr ich über den schwachen Abdruck an meinem Ringfinger. Etwas fehlte.

Als ich den Blick hob, fiel mir die Treppe auf, die nach oben in einen weiteren Ausstellungsraum führte.

»Es lohnt sich.« Die Verkäuferin nickte ermunternd. »Die Gemälde wurden von Rügener Künstlern und Künstlerinnen angefertigt. Wie alles hier.«

Eine halbe Stunde später hatte ich ein kleines Vermögen ausgegeben für das erste Acrylgemälde, das ich je besessen habe. Schwarz, Rotbraun, Grün, Türkis – die Farben verliefen teilweise ineinander und standen im Kontrast zum strahlenden Weiß. Die Kreidefelsen, abstrahiert auf einer Leinwand, einen Meter hoch, eins zwanzig lang.

»Kann ich es nachher abholen?«, fragte ich an der Kasse. »Ich möchte noch einen Kaffee trinken gehen.«

»Natürlich, am besten kommen Sie einfach mit dem Wagen vorbei.«

Noch einmal sah ich auf das Gemälde und freute mich darauf, den perfekten Platz dafür zu finden. In meinem neuen Zuhause, das irgendwo auf mich wartete.

Die goldenen Buchstaben auf dem blauen Schild über dem Eingang von Dahlmanns Bazar strahlten mir entgegen. Die Ladentür schwang auf, und ich tauchte ein in den Trubel der Gäste, Lesenden und Stöbernden. Gläserklirren, Stimmengewirr, Menschen, die zu den Buchregalen strebten – und inmitten dieser sich vollkommen genügenden kleinen Welt stand ich.

Die Tische, an denen die Gäste saßen, waren dieselben wie damals. Die Klassiker in den Regalen waren dieselben. Der abgetretene Holzboden war derselbe. Doch ich war nicht dieselbe geblieben.

»Entschuldigung.« Eine Kellnerin drängte sich an mir vorbei, und ich wich zur Seite.

Natürlich sah ich dich nicht. Du warst nicht hier. Um mich herum nur Fremde.

Der Anblick des leeren Tischs am Fenster ließ mich innehalten. *Ich konnte den Wald riechen … Nur, da war kein Wald.* Das Buch, das ich hier zu lesen begonnen hatte. Damals hatte ich nicht geahnt, dass ich mich noch einsamer fühlen könnte.

Doch das tat ich. Hier, am Ort, an dem wir uns begegnet waren, war ich dir nah und fern zugleich. Ich fühlte mich verlassen.

»Einen Platz für Sie?« Die Kellnerin deutete auf den Tisch.

Ich setzte mich, bestellte einen Kaffee, schaute hinüber zum Werkladen auf die andere Straßenseite, dachte an dich. Du warst meine perfekte Vorstellung von dir. Im Traum sah ich dich so, wie ich mir dich in der Realität wünschte.

Ich aß ein Stück Kuchen, trank einen Kaffee, bat um die Rechnung. Während ich wartete, ging eine Frau in Jeans und weißem Shirt dicht an meinem Tisch vorbei. Das schulterlange dunkelbraune Haar, der offene Blick, das Lächeln – ich erkannte sie sofort. Es war deine sympathische Bekannte, die uns im Traum zum Spieleabend eingeladen hatte. Zu der wir durch die Winterlandschaft spaziert waren, du mit der Flasche Shiraz unter dem Arm, ich mit den Grissini. Ich folgte ihr mit dem Blick, bis sie hinter dem Tresen verschwand. In meinem Kopf sekundenlang gähnende Leere. Und dann erinnerte ich mich. Ich hatte sie bereits hier gesehen. Bei ihr hatte ich den Kaffee bestellt, den ich dir über das Hemd geschüttet hatte.

Der Apfelbaum im Garten, der Bürostuhl meines Vaters, Tessas Schal, die Möwe Emma, der weiße Lieferwagen. Und jetzt die Frau. Ich hatte mir selbst etwas vorgemacht, hatte mich an meinen Erinnerungen bedient und für meine Träume daraus neue gesponnen.

»Alles in Ordnung?« Die Kellnerin riss mich aus den Gedanken.

»Ja, vielen Dank.« Ich zahlte, schaute noch ein letztes Mal zu der Frau, die nun wieder hinter dem Tresen stand, und verließ das Café. Die Enttäuschung saß tief. Wie hatte ich nur so naiv sein können? Ich hatte mir etwas vorgemacht, mich aus dem echten Leben in ein Konstrukt aus

Wunschvorstellungen geflüchtet. War dir bis nach Rügen gefolgt, in der Hoffnung, dass du dich als real herausstelltest. Und das warst du auch, natürlich gab es dich. Aber du würdest nicht der Mann aus meinen Träumen sein.

Ich ging die steile Steintreppe hinunter, in Richtung Meer, die Promenade entlang, dachte plötzlich an Marlene, an das schöne Holzhaus, in dem ich die nächsten zwei Wochen verbringen würde. Wie wohl ich mich dort fühlte und dass die Suche nach dir auch etwas Gutes hatte.

Vor einer großen Bronzeplastik blieb ich stehen. Ein in sich verdrehter Anker, auf einem unbehauenen Steinblock befestigt, darauf eine blaue Inschrift.

Unseren auf See verbliebenen Hochseefischern
zum ehrenden Gedenken.

Jemand hatte auf dem Sockel eine tiefrote Rose zurückgelassen.

Ich sah auf die kleine Gedenktafel neben der Plastik. Einer der eingravierten Namen stach heraus. *Alexander Melchow.* Davor das Jahr des Todes, *2020.*

14.

Lotte kam durch den Garten auf mich zugestürmt. Als hätte sie mich eine Ewigkeit nicht mehr gesehen. Ein Funke ihrer überschwänglichen Freude sprang auf mich über.

Auf der Terrasse saß Marlene, auf dem Tisch vor sich eine Zeitung ausgebreitet. »Da bist du ja wieder.« Sie sah auf die in Folie geschlagene Leinwand, die ich vor mir hielt. »Und du hast etwas mitgebracht.«

»Ein Gemälde von einer Rügener Künstlerin.« Ich wickelte die Verpackung ab.

»Sehr schön!«, sagte Marlene.

»Es wird mich an die schöne Zeit hier bei dir erinnern.«

Ich brachte das Bild ins Haus, während Marlene Kaffee zubereitete. Gerade als ich es auf der Couch abgestellt hatte und es noch einmal betrachtete, klingelte mein Telefon. Es war die Galeristin. Sie habe mit ihrer Aushilfe gesprochen, doch diese könne sich nicht an den speziellen Tag erinnern, es sei zu lange her. Auch habe sie nichts Größeres verkauft, wie aus den Unterlagen hervorgehe.

Ich würde mich von dir verabschieden müssen.

Kurz darauf saß ich neben Marlene, umgeben von rosa,

pinken und roten Rosen, ließ ich mich von ihr ablenken. Wir sprachen über Literatur, erste Sätze, die schönsten Buchtitel, alte Schätze. Nach der Gedenktafel erkundigte ich mich nicht. Vielleicht war es Zufall, dass einer der Fischer denselben Nachnamen trug wie sie. Vielleicht war er ein Angehöriger. Alles hatte seine Zeit. Und es schien mir nicht richtig, sie in diesem Moment danach zu fragen.

Dann schlichst du dich in meine Gedanken. Dein Lachen, als du mein entgeistertes Gesicht bemerktest, weil ich die Gesellschaftsspiele auf dem Tisch entdeckt hatte. Der fröhliche Abend im Winter, bei Freunden. Mit der Frau, der ich heute in Dahlmanns Bazar begegnet war. Der Traum.

Ich sah zum Apfelbaum. Und brauchte Zeit für mich allein.

Die Sonne hatte die feinen Sandkörner aufgeheizt. Ich spürte die tröstende Wärme unter meinen Fußsohlen. Als der Strand steiniger wurde, zog ich meine Sandalen an, ging weiter, ohne Ziel. Lotte lief ein paar Meter voraus. Wind strich über meine Arme, durch mein Haar. Eine leichte Brise, die vom Meer her wehte. Nur wenige Menschen waren unterwegs. Die Touristen bevorzugten bei gutem Wetter die blau-weiß gestreiften Körbe der pudrigen Sandstrände. Mir war das steinige Ufer lieber, die Ruhe, die unberührte Natur.

Ein grauhaariger Mann in kariertem Hemd und kurzen Hosen kam mir strahlend entgegen, die Fotokamera um seinen Hals schwankte mit jedem Schritt. »Ist das nicht ein herrlicher Tag?«

Ich nickte und lächelte dem Fremden zu.

Ein Pärchen, neben ihnen ein blondes Mädchen mit Ponyfransen, Pferdeschwanz, den Blick hatte es auf den Boden gerichtet, in der Hand einen blauen Plastikeimer. Die Kleine ging in die Hocke, hob eine Muschel auf, betrachtete sie einen Moment kritisch, bevor sie den Fund in den Eimer legte. Ich rief Lotte bei Fuß, ging an der Familie vorbei, hörte, wie das Mädchen sagte: »Die Frau war aber schön.«

Mein gelbes Sommerkleid leuchtete in der flimmernden Nachmittagshitze. Meine Haut war leicht gebräunt. Ich wusste, dass mein Haar im Licht der Sonne cognacfarben schimmerte. Bei warmem Wetter band ich es gern zum Zopf. An diesem Tag trug ich es offen, es fiel mir bis auf die Schultern. Für dich. Für den Fall, dass ich dir tatsächlich begegnete.

Doch ich war ohne dich unterwegs. Linkerseits der Steilhang mit dem Buchenwald, rechts neben mir das Wasser. Und Lotte, die Teil meines Lebens, die meine Begleiterin geworden war. Auf einem großen Findling machte ich eine Pause. Wie oft hatten Tessa und ich nebeneinandergesessen, auf das Meer hinausgesehen, geredet. Über sie, mich. Darüber, wie gern ich mir etwas vormachte, indem ich in jedem Rückschlag etwas Positives sah. Darüber, wie ich mich immer rechtzeitig auf bevorstehende Enttäuschungen vorbereitete. Über die nicht erhaltene Zusage für eine Übersetzung. Über den Umzug nach Hamburg, obwohl ich lieber in der Heide geblieben wäre. Sogar als meine Mutter ihre Koffer gepackt und gegangen war, war ich vorbereitet gewesen. Es war so viel einfacher, eine Mutter zu vermissen, die nicht da war, als eine, die nicht weg, aber doch abwesend war. Auf Vorhersehbarkeit reagierte ich mit Pragmatismus. Ich minimierte Risiken. Wappnete mich dagegen, enttäuscht, verletzt, verlassen zu werden. Der Abschiedsschmerz zog sich durch mein Leben wie ein Riss in der Wand, der immer größer wurde.

Obwohl ich dich nur aus meinen Träumen kannte, vermisste ich dich.

Sei kein Feigling, Soffi.

Der Widerstreit in mir wurde stärker. Ich war hier, weil du mir fehltest, weil ich dich finden wollte, wissen wollte, wer du bist. Und ich war noch nicht bereit dazu, dich aufzugeben.

15.

Wir gingen am Hochufer zurück. Fast kam es mir vor, als durchquerten wir einen verwunschenen Wald, auf verzweigten Wegen und Trampelpfaden.

Ein Quellbach wand sich durch das mit Farn und Moos bewachsene Unterholz. Ich ging in die Hocke, benetzte mein Gesicht mit dem kühlen Wasser, sah Lotte zu, die durstig trank. Zum Plätschern des Baches gesellten sich Vogelstimmen. Ich genoss die Ruhe, tankte Kraft in der Natur.

Am späten Nachmittag schwamm ich mit Marlene um die Wette. Unsere nackten Körper im Meer, den Sommerschweiß von uns spülend, die letzten Strahlen der Sonne. Auf dem Hügel das rote Holzhaus, das auf uns wartete.

Marlene schien zu spüren, dass ich für mich sein wollte, wünschte mir einen schönen Abend. Nachdem wir uns verabschiedet hatten, duschte ich das Salz von der Haut, aus den Haaren, gönnte mir eine Feuchtigkeitsmaske, verwöhnte mich mit einer kühlenden Körperlotion. Der Duft von Orangen auf der Haut.

Ich setzte mich auf die kleine Holzbank, trank Saftschorle, beobachtete, wie der aufkommende Wind die Blätter des Apfelbaums bewegte, hörte die Wellen rauschen. Das Meer kannte keine Ruhe, es war immer in Bewegung.

Die Zeit verstrich, ohne dass ich etwas anderes tat als zu lauschen. Bis die Sonne hinter Kap Arkona verschwand und ich mich mit Lotte zu einem späten Spaziergang aufmachte. Einmal Meer und wieder zurück.

Ich hatte nie einen Hund gewollt, undenkbar in unserer Hamburger Altbauwohnung, mitten in der Stadt. Und dann hatten sich doch Wege gefunden, die wir jeden Tag gemeinsam gehen konnten. Durch den Park, an der Elbe entlang, um die Binnenalster herum. Weil ich es Tessa versprochen hatte. Und weil es mir guttat.

Um zehn Uhr setzte ich mich auf den Sessel im Schlafzimmer, schlug das Buch auf und las, roch den Wald, den es nicht gab, vergaß die Zeit. Bis meine Augen schwer wurden. Ich ging ins Bett und schlief bei weit geöffnetem Fenster ein. Meine Gedanken waren bei der Geschichte des Buches, bei dem Klavierstimmer auf der Suche nach dem perfekten Klang.

Dich hatte ich nicht erwartet. Du besuchtest mich, als ich nicht mit dir gerechnet hatte.

Es ist Nacht. Ich liege leicht mit einem Laken zugedeckt auf dem Bett, von dir abgewandt, die Wange auf dem Kissen, einen Arm darunter. Der Winter ist vorbei. Endlich kann ich sie fühlen, die verlockende Wärme des Sommers. Deine Wärme.

»Du bist wach«, sagst du, der Klang deiner Stimme einen Hauch dunkler als sonst.

Ein leises Klicken, gedämmtes Licht. Du hast die kleine Nachttischlampe eingeschaltet. Ich spüre, wie du meinen Körper betrachtest – und wache auf. Allein.

Doch in der Stille der Nacht bliebst du bei mir, stellte ich mir vor, wie es wäre, wenn du mich berührtest. Wenn du mit den Fingerspitzen sanft die Linie meiner Wirbelsäule nachfahren würdest. Mein Herz klopfte kräftig von innen gegen meine Brust, immer schneller. Ich lebte, liebte mich, dich.

Es dauerte, bis mein Atem ruhiger wurde, ich das Rauschen des Meeres durch das geöffnete Fenster wieder wahrnahm. Den Wind, der die Vorhänge bauschte. Der Traum spukte durch meinen Kopf. Meine Vorstellung von dir, von uns. Du warst wieder da.

Ich stand auf, holte Papier und Füllfederhalter, die ich mitgenommen hatte. Ging nach unten, kochte Kaffee, setzte mich an den Tisch und schrieb. Meine Gedanken waren dort, wo ich gern gewesen wäre, wenn ich dich gefunden hätte. Bei dir.

16.

Um sechs Uhr in der Früh sah ich Marlene durch den Garten gehen. Nackt. Das Handtuch über die Schulter gehängt.

Ich öffnete die Terrassentür. »Guten Morgen! Darf ich dich begleiten?«

Sie blieb stehen. »Komm!«

Ich zog meinen Pyjama aus und folgte ihr.

Am Wasser blieben wir nebeneinander stehen. »Du lächelst.« Sie zögerte einen Moment, bevor sie weitersprach. »Es ist mir sofort aufgefallen … dieser Ausdruck, die Verletzlichkeit in deinem Blick. So fühlt man sich, wenn man erst kürzlich einen großen Verlust erlitten hat.« Sie musterte mich. »Traurige Menschen lächeln am schönsten. Sie wissen, was Glück bedeutet. Und dass wir es nur im gleichen Maße erleben können, wie wir Unglück erlitten haben.«

Ich ließ die Worte in mir wirken. »Wenn das so ist, werde ich irgendwann besonders intensive Momente des Glücks empfinden.«

»Das wirst du, da bin ich mir sicher.«

Eine Welle schwappte über meine Knöchel. Ich ignorierte die Kälte, lief ins Meer, stürzte mich kopfüber ins Wasser, tauchte wieder auf, drehte mich zu Marlene. Wartete, bis sie bei mir war. »Ich würde dir gern etwas erzählen«, sagte ich. »Vielleicht heute Abend, bei einem Glas Wein.«

»Magst du Fisch?«, fragte sie. »Hering, gegrillt.«

»Ja. Ich bringe den Wein mit.«

Der Tag verstrich so gemächlich wie alles in der Ruhe der Insel. Ich ließ mich treiben. Kaufte einen leuchtend gelben Seidenschal in der Handweberei, die ich nur zwei Häuser von unserem entfernt entdeckte. Spazierte durch Lohme, beschenkte mich mit zwei bauchigen Keramiktassen in einer Töpferei. Zählte zweihundert Treppenstufen, die ich vom Ort hinunter in den Hafen stieg. Dort saß ich in einem Café mit Blick auf die Weite des Meeres, bestellte einen Cappuccino und zwei Kugeln Vanilleeis, sah auf ankernde Yachten und Fischerboote. Links von mir, den Hügel hinauf, das rote Holzhaus mit den weißen Sprossenfenstern.

Ich hatte beschlossen, nicht nach dir zu suchen, nicht an diesem Tag. Du hattest die Nacht mit mir verbracht. Für den Moment war ich glücklich, so wie es war.

Auf dem Weg zum Einkaufen fuhr ich an einem Kunsthof vorbei, hielt spontan an, verliebte mich in eine Skulptur aus Treibholz und konnte nicht widerstehen, auch die zwölf Windlichter aus Ornamentglas mitzunehmen, die der Künstler mit Eisenbügeln zum Aufhängen versehen hatte. Sie gehörten in den Apfelbaum.

Für das Abendessen wählte ich einen Crémant von der

Loire, die Worte meines Vaters in den Ohren. »*Ein trockener Schaumwein federt die salzige Zubereitung aromatischer Fische ab,* ma belle *Sophie.*« Er war ein Genussmensch gewesen, hatte gern getrunken und gegessen, von beidem zu viel. Hin und wieder hatte er sich vorgenommen, gesünder zu leben, abzunehmen, nicht mehr zu rauchen. Mir zuliebe. Weil ich mir Sorgen gemacht hatte wegen seines Herzens. Doch immer war er mit seinem Vorhaben gescheitert. Er war zufrieden gewesen, als er starb.

Am Nachmittag ging ich mit Lotte am Meer spazieren, lief wieder über das Hochufer zurück, mit nackten Füßen durch den kühlen Quellbach, kostete das frische Nass. Dann setzte ich mich auf die Terrasse, las, sah hin und wieder zum Meer und dachte, wie schön es wäre, jeden Tag hier zu sein und die Zeit mit einem guten Buch verstreichen zu lassen.

Marlene erschien im Garten. »Um sechs schwimmen und danach Abendessen bei mir!«, rief sie, als wären wir alte Freundinnen.

Kurz darauf zeigte mir mein Telefon eine eingegangene Mail der Verlagslektorin an, für die ich Balzac übersetzt hatte. Sie lobte meine Arbeit und fragte an, ob ich mich an Baudelaires *Le Spleen de Paris* wagen wolle. Ein Kribbeln erfasste mich. Eine Originalausgabe stand in meinem Bücherregal. Mein Vater hatte Baudelaires Prosagedichte geliebt, seine Poetik ohne eingrenzenden Rhythmus und Reim, die genügend Platz ließ für die Seele.

Ich sagte spontan zu und wünschte mir für einen Moment, ich wäre zu Hause, um mich in das Buch einzulesen, den ersten Satz, die ersten Zeilen. Über das vergilbte Papier streichen zu können, die Buchstaben, die Seite um Seite füllten.

Und dann war ich doch froh, dass ich hier war, denn nun hatte ich etwas, auf das ich mich freuen konnte, wenn ich wieder nach Hamburg zurückfuhr.

In der spätsommerlichen Dämmerung trafen wir uns auf Marlenes Terrasse. Ich schenkte ihr die Windlichter für den Apfelbaum. Wir zündeten Tannenzapfen an, legten sie unter die Grillkohle, und während wir auf die perfekte Glut warteten, deckten wir den Tisch. Frisches Brot, Butter, Salat, Wasser. Gekühlter Crémant. Der Duft der verglühenden Zapfen erfüllte die Luft, und dann das intensive Aroma der Heringe.

»Sie sind fangfrisch. Ich habe sie mit Rosmarin, Thymian und Oregano gefüllt«, erklärte sie. »Mein verstorbener Mann war Fischer. Einer seiner Freunde hat vorhin eine Fuhre vorbeigebracht.«

Die Gedenktafel in Sassnitz, die Hochseefischer, die auf See geblieben waren. Alles hatte seine Zeit. Marlene bemerkte die unausgesprochene Frage auf meinen Lippen.

»Er fuhr in der Nacht mit dem Boot raus«, sagte sie, »und kam nicht zurück. Ein plötzlicher Wetterumschwung. Das Boot ist im Sturm gekentert. Am nächsten Morgen haben sie ihn gesucht. Auch die Tage darauf sind seine Freunde mit den Booten raus. Alexander war bei allen beliebt, er hatte ein gutes Herz. Ich hoffte. Und wusste, dass ich auf etwas wartete, das nicht passieren würde. Drei Monate später ist er vor der Insel Vilm an Land getrieben.« Sie lächelte sanft. »Ich habe schon seit Ewigkeiten keinen Hering mehr gegrillt.«

»Das tut mir sehr leid, Marlene. Es muss schlimm für dich gewesen sein. Vor allem die Ungewissheit.«

»Oh, ich wusste es, wirklich. Alexander war krank, Parkinson. Viel zu schwach und zu alt, um allein rauszufahren. Aber er wollte unbedingt in dieser Nacht noch einmal seine Lachsnetze auswerfen. Gestern vor drei Jahren. Er hat das Meer geliebt. Und ich liebe es auch. Immer noch.« Sie stand auf, ging zum Grill, nahm die Heringe herunter und brachte sie auf einer Platte zum Tisch. »Er hätte sich gefreut, wenn er uns beide sehen könnte. Du tust mir gut, kamst genau zur richtigen Zeit. Dir etwas von deinem Schmerz nehmen zu können, hilft auch mir.«

»Das hast du, Marlene, mein Leben ist wieder etwas leichter geworden dank dir.« Ich wischte mir eine Träne aus dem Augenwinkel. Und dachte an dich. Du hattest mich zu Marlene geführt, in dieses Haus, zu dem Apfelbaum und dem Blick aufs Meer. Die Suche nach dir kam mir auf einmal banal vor.

Sie folgte meinem Blick. »Ich kann meinen Mann immer noch sehen, auf seinem Boot. Es gibt keine Nacht, in der ich nicht von ihm träume.«

»Er ist noch immer bei dir.«

Wir hängten die Windlichter in die Äste des Apfelbaums. Zündeten die Kerzen darin und das Holz in der Feuerschale an, tranken Wein im flackernden Licht. Leichter Wind trug den Klang des Meeres den Hang hinauf. Marlene erzählte von Alexander. Ich erzählte von dir, von unserer ersten Begegnung in Sassnitz und von denen in den Nächten.

»Unsere Träume bestimmen, wer wir sein wollen«, sagte Marlene.

Ich seufzte sehnsüchtig. »Du kannst dir nicht vorstellen, wie sehr ich mir wünsche, die Frau aus meinen Träumen zu sein.«

Sie lachte. »Ich hoffe, du findest ihn.«

17.

In der Nacht träumte ich wieder von dir. Du hast auf der Bettkante gesessen und sahst mich an, während ich schlief. Ich wachte auf und blieb liegen. Zu kurz war der Moment mit dir gewesen, um dafür aufzustehen und ihn auf Papier festzuhalten. Stattdessen stellte ich mir vor, wie du mit den Fingerspitzen die Linie meiner Wirbelsäule entlangfuhrst. Verhaltene Zärtlichkeit.

Mit klopfendem Herzen spürte ich dem verheißungsvollen Gefühl nach. Zum Fenster gewandt, schlief ich wieder ein.

Am nächsten Morgen weckte mich das Vogelzwitschern der Lerchen im Apfelbaum. Der Himmel strahlte. Eingewickelt in die leichte Sommerdecke betrachtete ich, wie da und dort kleinste Staubpartikel im Sonnenlicht tanzten, das in das Zimmer fiel. Dabei war ich mir näher denn je. Bis Lotte zweimal bellte.

Halb zehn, so lange hatte ich eine Ewigkeit nicht mehr geschlafen.

Ich ging nach unten, füllte ihren Napf, kochte Kaffee, und während ich die erste Tasse genoss, betrachtete ich das Gemälde, das ich gekauft hatte. Die warmen Farben fanden sich wie zufällig zusammen und schienen doch genau platziert.

Ich gab den Namen der Künstlerin in die Suchmaschine ein und den Ort. *Ella Vogel, Rügen.*

Eine Frau mit einem Farbpinsel in der Hand lächelte mir entgegen. Sie stand vor einer bemalten Leinwand, hatte ihr leuchtend rotes Haar lose mit einer Spange hochgesteckt.

»Das gibt's ja nicht«, sagte ich leise. An eine Künstlerin hatte ich nicht gedacht.

Sie lebte erst seit dem Frühjahr auf Rügen und besaß ein Atelier in Putbus. Am Circus. An diesem Tag war es von siebzehn bis zwanzig Uhr geöffnet.

Mit der Kaffeetasse in der Hand suchte ich Marlene. Sie stand draußen vor den Rosen, knipste verwelkte Blüten ab. Ich erzählte ihr, was ich herausgefunden hatte.

»Das gibt es ja nicht«, sagte auch sie. »Am Circus. Wir haben dort in der Nähe gelebt, bis ich nach Alexanders Tod in das Haus hier gezogen bin. Sein Boot lag in Lauterbach. Ein netter kleiner Hafen am Greifswalder Bodden, es lohnt sich, dort mal Halt zu machen, wenn du sowieso in der Nähe bist.«

»Begleitest du mich?«

»Ohne Alexander kommt mir der Ort trostlos vor. Aber lass gern Lotte bei mir, dann kannst du dich freier bewegen, und ich habe ein wenig Gesellschaft.« Sie betrachtete mich nachdenklich. Nickte. »Du bist die Frau aus deinen Träumen. Ob du ihn findest oder nicht.«

War ich die Frau aus meinen Träumen? In dem Moment fühlte ich mich so. Lebendig, zuversichtlich.

Eine Allee aus Spitzahorn, Eschen und Linden säumte die Straße in Richtung Putbus. Vierzig Minuten war ich unterwegs, ehe ich auf den Circus abbog. Leuchtend weiße Häuser umschlossen den runden Platz, in dessen Mitte ein Obelisk zum Himmel emporragte. Vor den klassizistischen Gebäuden reihten sich Rosenstöcke aneinander, in Weiß, zartem Rosa, kräftigem Rot. Wie in Marlenes Garten.

Direkt vor dem Haus der Künstlerin stellte ich den Wagen ab und stieg aus. Der süße, schwere Duft der Blüten kroch mir in die Nase.

An der Tür hing ein verwittertes Emailleschild. *Geöffnet.*

Das Läuten der Ladenglocke begleitete mein Eintreten. Und kurz darauf vernahm ich die Stimme einer Frau: »Ich bin hinten im Atelier, gehen Sie einfach durch.«

»In Ordnung!«, rief ich, blieb aber stehen, tauchte ein in die Tiefe der ausgestellten Bilder. Blau, Türkis, Weiß, auf jedem das Meer.

»Meine blaue Phase«, hörte ich da und riss mich los. Die Künstlerin stand in der Tür, die Ausstellungsraum und Atelier verband.

»Sie sind alle wunderschön«, sagte ich.

»Das freut mich zu hören. Momentan versuche ich mich an Rottönen und habe mich sogar an Rosa gewagt. Die Inspiration liegt vor der Tür. Ein Meer von Blüten.«

Farbspritzer und -flecken bedeckten ihre Latzhose, ihre Hände, ihr rotes Haar.

»Das hört sich interessant an.«

»Willst du einen Blick darauf werfen?« Sie war zum Du übergegangen und zeigte ins Atelier. »Ich heiße Ella.«

»Sophie.« Ich folgte ihr und stand staunend vor ein

großen quadratischen Format. Die Farbnuancen der Rosen auf einer Leinwand, dazwischen zartes Grün. »Es ist wunderschön. Das blühende Leben.«

»Ella nickte. »Genau das hatte ich mir dabei gedacht.«

»Wenn ich wüsste, ob ich dafür demnächst Platz haben werde.« Ich trat einen Schritt zurück. »Wie groß ist es?«

»Eins zwanzig mal eins zwanzig.«

Ich ließ die Vernunft siegen, schüttelte den Kopf. »Es ist sehr schön. Aber ich habe vorgestern erst eins von dir gekauft, im Sassnitzer Werkladen.«

»Ach, du warst das. Es war mein einziges Bild dort, ein erster Versuch. In Sassnitz sind mehr Touristen unterwegs als in Putbus.« Sie sah auf das Gemälde. »Ich biete auch Malkurse an.«

»Leider bin ich völlig unbegabt.«

»Das glaube ich nicht.« Sie lächelte. »Vielleicht hast du noch nicht die geeignete Ausdrucksform für dich gefunden. Wenn du mal Lust hast, sag Bescheid, ich bin mir sicher, wir finden etwas, was dir entspricht.«

»Warum nicht«, entschied ich spontan. »Allerdings bin ich nur noch zwei Wochen hier.«

»Wenn du mir deine Nummer gibst, melde ich mich spontan.« Sie tunkte einen dünnen Pinsel in rote Farbe, reichte ihn mir und zeigte auf eine kleinere unbemalte Leinwand, die auf einer Staffelei stand. »Schreib sie dort drauf, und wenn wir uns wiedersehen, machen wir ein Bild daraus.«

In ihrer Verbindlichkeit erinnerte sie mich an Tessa. Ich malte die Nummer auf, atmete durch, und endlich stellte ich die Frage, die mich hierhergebracht hatte. Die mich umtrieb, seit ich dich im Traum gesehen hatte.

Doch Ella kannte dich nicht, hatte dich nur zufällig vor der Galerie getroffen. »An den Kaffeefleck erinnere ich mich.« Sie runzelte die Stirn. »›Kleines Malheur‹, habe ich zu ihm gesagt. ›Großes‹, hat er geantwortet. Und dann ist er in den Lieferwagen gestiegen, hat das Fenster runtergelassen und mir einen schönen Tag gewünscht. Ich habe ihm gewinkt. Und schon war er weg. Seitdem habe ich ihn nicht wiedergesehen.«

Die Enttäuschung musste mir ins Gesicht geschrieben stehen.

»Tut mir leid.« Sie deutete auf die beschriebene Leinwand. »Deine Handynummer habe ich. Wenn er mir zufällig über den Weg läuft, rufe ich dich an.«

Ich sah noch einmal auf das Rosenbild. Es ließ mich nicht los. Wie du. »Und wenn ich dafür den richtigen Platz finden sollte, melde ich mich. Falls es dann noch da ist, kaufe ich es.«

»Soll ich es für dich reservieren?«

Ich schüttelte den Kopf. »Leider kann ich nicht einschätzen, wie lange es dauern wird.«

»In Ordnung. Dann sag einfach Bescheid. Wo bist du untergekommen?«

»In Lohme …« Die Minuten verstrichen, während wir sprachen. Als ich mich verabschiedete, hatte ich zugesagt, noch einmal vorbeizukommen, um mein Kunstwerk zu vollenden. Das Geheimnis um die rothaarige Frau war verblasst wie die Farbe des Emailleschilds an ihrer Tür. Kein Wegweiser zu dir. Der Duft der Rosenbüsche verdrängte die Enttäuschung für einen Moment, ehe ich ins Auto stieg. Auf der Fahrt nach Lauterbach erfasste sie mich – die Leere, auf die ich gewartet hatte.

18.

Die kleine Nudelmanufaktur hatte ich zufällig entdeckt. Der Anblick der mit Pasta gefüllten Regale eine lindernde Wärme, ein willkommener Trost. Ich kaufte ein, bummelte am Hafen ziellos an den Buden, Cafés und Restaurants vorbei. Vor einem schlichten weißen Gebäude etwas außerhalb blieb ich stehen, ein unscheinbares Schild über der Eingangstür, *Restaurant am Meer*. Den ganzen Tag hatte ich vor Aufregung nichts gegessen. Ich ging den schmalen Weg entlang, der am Haus vorbei zum Wasser und zum Biergarten führte. Vor dem Tor blieb ich stehen und wartete, bis die Kellnerin mich bemerkte.

»Guten Abend, haben Sie reserviert?«

»Nein. Leider nicht. Aber ich würde alles für ein kühles Glas Wein und ein gutes Essen geben.«

Sie schaute auf ihre Armbanduhr, zögerte. »Daran will ich natürlich nicht schuld sein. Sie haben Glück, ein Tisch ist noch frei. Die Gäste hatten für achtzehn Uhr reserviert, sind aber bisher noch nicht eingetroffen. Und wenn doch noch …« In ihren Augen blitzte ein schelmisches Funkeln auf. »Immerhin hätte ich Sie dann gerettet.«

»Und ich wäre Ihnen bis in alle Ewigkeiten dankbar dafür.«

Sie machte eine einladende Handbewegung, »Bitte«, und begleitete mich zum Tisch. »Ich bringe Ihnen gleich die Karte.«

»Vielen Dank.« Ich sah ihr nach. Das dunkle volle, zum Zopf gebundene Haar wippte bei jedem ihrer Schritte auf und ab. Sie war klein, zierlich, voller Elan. Ich setzte mich und ließ meinen Blick über den Bodden schweifen. In der Ferne lag eine Insel, zu klein für Hiddensee.

»Das ist Vilm«, erklärte die Kellnerin, als sie zurückkam, um die Bestellung aufzunehmen. »Früher machte die Elite dort Urlaub, Honecker, Mielke, Ulbricht und Co. Heute ist die Insel Naturschutzgebiet. Man kann sie besichtigen, aber nur mit Anmeldung. Täglich dürfen nur sechzig Touristen an Land.«

Meine Gedanken waren bei Marlene. Nun verstand ich, warum dieser Ort ihr trostlos vorkam. Von hier aus sah sie auf die Insel, an die der tote Körper ihres Mannes angeschwemmt worden war.

Die Frage nach meiner Bestellung holte mich zurück in die Gegenwart. Ich entschied mich für Tagliatelle, eine Flasche stilles Wasser, ein Glas Pinot grigio.

Nur wenig später nippte ich am Wein, betrachtete die Gäste, während ich auf das Essen wartete. Immer hatte mich jemand auf meinen Reisen begleitet, mein Vater, Tessa, Thomas. Nun saß ich hier allein, ohne ein Gegenüber. Ein junges Pärchen am Tisch unter der Kastanie zog meine Aufmerksamkeit auf sich. Sie trug ein weißes Sommerkleid, das auf ihrer gebräunten Haut leuchtete. Ihre Augen strahlten, während sie ihrem Partner angeregt etwas erzählte. Er hing an ihren Lippen, strich unentwegt mit dem Daumen über ihre Hand, die sie ihm über den Tisch hinweg gereicht hatte.

In meine Gedanken schlich sich Thomas, auch wir waren damals verliebt ineinander gewesen. Das war nun sieben Jahre her, wie schnell doch die Zeit vergangen war.

»Entschuldigung, ist hier noch frei?«

Ich sah auf. Vor meinem Tisch stand ein Mann meines Alters, mit blondem Haar, markanten Gesichtszügen, ungesunder Bräune. Ich überlegte, wie ich ihn mit den passenden Worten auf Distanz halten könnte, aber da war es schon zu spät. Ohne meine Antwort abzuwarten, zog er den Stuhl zurück. »Darf ich?«

»Nein.« Ich lächelte, um meinen Worten die Schärfe zu nehmen. »Seien Sie mir nicht böse, der Platz ist zwar noch frei, aber ich möchte lieber allein sein.«

»Keine Sorge, es geht mir nur ums Essen, nicht um Sie«, entgegnete er.

Gerade als ich zu einer Erwiderung ansetzen wollte, entdeckte ich dich. Das hellblaue Hemd, die cremefarbene Hose. Wie bei unserer ersten Begegnung. Der Takt meines Herzens veränderte sich, wurde schneller. Ich hatte dich gefunden.

Du standest neben der Kellnerin, hörtest ihr zu. Dabei sahst du aufmerksam über die Tische. Auch über meinen. Es war dein Restaurant, wie ich vermutete.

Im nächsten Moment kamst du mit langen Schritten auf mich zu.

»Guten Abend.« Dein Blick ruhte fragend auf mir. Dann wandtest du dich an meinen ungebetenen Besucher. »Kann ich Ihnen helfen?«

Da war sie wieder, die Stimme, die mich in den letzten Monaten durch meine Träume und Erinnerungen begleitet hatte. Jetzt fehlte es ihr an Wärme. Du hattest die Situation sofort erfasst.

»Ich habe die Frau gefragt, ob der Platz noch frei ist. Ist ja immer sehr gut besucht hier.«

»Weswegen wir grundsätzlich mit Reservierungen arbeiten.« Wieder ein kurzer Blick in meine Richtung. »So wie es scheint, möchte die Dame keine Gesellschaft. Darf ich Sie also höflich bitten, unser Haus zu verlassen? Wir haben heute keinen Tisch mehr frei.« Du legtest eine bedeutungsvolle Pause ein. »Und in den nächsten Tagen auch nicht.«

Der Mann rang sichtlich um Fassung, drehte sich schließlich um und ging wortlos.

»Danke«, sagte ich.

Du lächeltest mit unverbindlicher Freundlichkeit. »Nicht dafür.«

Was hatte ich erwartet? Ein Erkennen? Ich sah dich an. Du warst mir vertraut. Und doch nicht.

In dem Moment brachte die Kellnerin das Essen. »Tagliatelle mit Fenchel und Wildwassergarnelen.«

»Hervorragende Wahl.«

»Danke.« Alles, was ich bisher über die Lippen gebracht hatte, war zweimal dasselbe Wort.

»Lassen Sie es sich schmecken«, sagtest du.

Das tat ich.

Ich hatte Hunger. Auf die Pasta, deren frischer Duft nach Zitronenabrieb und Basilikum mir entgegenströmte. Und auf das Leben. Du warst hier, gingst von Tisch zu Tisch, überzeugtest dich, dass alles seine Richtigkeit hatte. Hin und wieder wechseltest du ein paar Worte mit ausgewählten Gästen, hörtest aufmerksam zu, wahrtest dabei stets einen höflichen Abstand. Die Rolle als Gastgeber spieltest du perfekt.

Ich ließ mir Zeit mit dem Essen, sah dir zu, nippte am Wein. Er war gut gekühlt, schmeckte nach Pfirsich, Apfel und Birne. Im nächsten Moment warst du aus meinem Sichtfeld verschwunden, ins Restaurant gegangen, vermutlich, um auch dort nach den Gästen zu schauen. Ich bestellte zum Dessert zwei Kugeln Vanilleeis und trank einen Espresso. Überlegte, ob ich mich nach dir erkundigen oder selbst nach dir suchen sollte. Aber plötzlich verließ mich der Mut. Du hattest mich nicht erkannt. Ich beschloss wiederzukommen und bat die Kellnerin um die Rechnung.

Sie ging, und zurück kamst du.

»War alles zu Ihrer Zufriedenheit?«

»Sehr.«

»Das freut mich zu hören.« Du legtest die Rechnung auf den Tisch. »Janina wird gleich bei Ihnen kassieren.«

Vor knapp einem halben Jahr warst du über Lottes Leine gestolpert. Nun standest du wieder vor mir, real und so nah, dass ich dich hätte berühren können. Doch du nahmst keine Notiz von mir. Nicht von mir als Frau. Das wollte ich ändern.

»Moment, bitte.« Ich suchte in meiner Tasche nach einem Kugelschreiber, legte mir die Sätze zurecht, bemühte mich, gelassen zu wirken. Sah mir den Betrag auf der Rechnung an, drehte sie um, schrieb *Sophie* und meine Handynummer darauf, dann gab ich sie dir zurück. »Es war nur ein Fleck, nur ein Hemd. Aber ich möchte es gern wiedergutmachen.«

Nun sahst du mich das erste Mal interessiert an. Dein Blick fragend, dann erkennend. »Der Hund …«

Der Kaffeefleck war dir in Erinnerung geblieben und Lotte, ich war es nicht.

Du stecktest die Notiz sorgfältig zusammengefaltet in deine Hemdtasche. »Sophie, ein schöner Name.« Dein Lächeln zurückhaltend, so, wie ich es schon oft im Traum gesehen hatte. »Anton.«

Ich ließ den Namen in mir nachklingen. Er passte zu dir.

19.

Drei Tage war es nun her, dass ich dir meine Telefonnummer aufgeschrieben hatte. Meinen Träumen bliebst du seitdem wieder fern. In meiner Vorstellung jedoch strichst du zärtlich mit den Fingerspitzen meine Wirbelsäule entlang. Am Tag wanderte ich unruhig durch das Haus, sortierte die Kissen, las zwei Seiten eines Buches, klappte es wieder zu, ging mit Lotte spazieren. Las noch einmal dieselben beiden Seiten. Meine Gedanken waren bei dir. Wie du im Restaurant umhergegangen warst. Dein aufmerksamer Blick. Wie du die Notiz in deine Hemdtasche gesteckt hattest. *»Sophie, ein schöner Name.«*

An diesem Abend setzte Marlene sich zu mir auf die Terrasse. Obwohl sie in Lauterbach gelebt hatte, kannte sie dich nicht. Du hattest das Restaurant übernommen, nachdem sie nach Lohme gezogen war.

»Ich träume nicht mehr von ihm, seit ich ihn gefunden habe. Aber ich denke ununterbrochen an ihn und fühle mich wie eine Sechzehnjährige, die sehnsüchtig auf eine Nachricht von ihrem Schwarm wartet«, sagte ich und seufzte.

»Genieße es. So alt war ich, als ich Alexander das erste Mal gesehen habe. Er war neunzehn. Hatte diese wunderschönen eisblauen Augen. Wie Curd Jürgens. Für den haben damals alle meine Freundinnen geschwärmt.« Sie lächelte. »Zwei Jahre habe ich ihn heimlich angeschmachtet. Bin fast jeden Tag zum Hafen gegangen und hab geschaut, ob das Schiff wieder eingefahren ist. Manchmal waren die Männer mehrere Wochen am Stück zum Fischen unterwegs. Manchmal kamen sie gar nicht wieder, die See birgt viele Gefahren. Im Sommer 1964 habe ich mich endlich getraut, ihn anzusprechen. Noch heute kann ich mein Herz klopfen fühlen, wenn ich daran denke. An sein verschmitztes Lächeln, als er mir sagte, auch ich sei ihm aufgefallen. Er sei sich nur nicht sicher gewesen, ob mein Interesse ihm oder seinem Kollegen gelte – der allerdings schon über fünfzig war. Nur eine Woche später ist er mit dem Frosttrawler raus, Richtung Marokko. Kurz bevor er an Bord ging, hat er mich das erste Mal geküsst. Und dann habe ich gewartet. Auf seine Rückkehr. Jeden Tag habe ich aufs Meer hinausgeblickt, bis er endlich nach Hause kam. So ging das Jahr für Jahr. Wir haben geheiratet. Ich wartete. Bis er sich 1980 dazu entschied, mit dem eigenen Kutter rauszufahren, sein eigener Herr als Strandfischer auf Rügen zu sein.«

»Das hört sich nach der einen großen Liebe an.« Ich versank in der Vorstellung. »Wie schön.«

»Er war meine große Liebe, seine war die See.« Sie sah zum Wasser, dann wieder zu mir. »Mit ihr habe ich ihn gern geteilt.«

»Ich weiß nicht, ob ich gut im Warten bin.« Ich seufzte. »Das stelle ich mir schwer vor.«

Sie schmunzelte. »Es wird dir nichts anderes übrig bleiben, als noch einmal zu deinem Anton nach Lauterbach zu fahren, meine Liebe. Oder ruf ihn an, im Restaurant. Ich war mir Alexanders Liebe immer sicher. Das hat mir das Warten erträglich gemacht. Es ist die Ungewissheit, die dich um den Verstand bringt. Ich bin stets für klare Worte.«

»Sich nicht zu melden, ist eine klare Aussage.« Ich schüttelte den Kopf. »Nein, ist es nicht. Du hast recht. Meine Theorie ist, dass er das Hemd gewaschen hat und meine Nummer verlaufen ist.«

Sie lachte herzhaft. Ich stimmte mit ein.

»Morgen fahre ich nach Sassnitz«, entschied ich. »Dort kaufe ich eine Kleinigkeit in Dahlmanns Bazar, lasse es als Geschenk verpacken und bringe es ihm im Restaurant vorbei. Als Wiedergutmachung.«

»Ein hervorragender Plan«, sagte sie.

Da klingelte mein Telefon. Es war neun Uhr am Abend. Die Nummer war mir unbekannt. Marlene stand lächelnd auf.

Du warst es. Unwillkürlich schloss ich die Augen, lauschte deinen Worten. Du entschuldigtest dich, weil du mich so lange hattest warten lassen. Es sei einfach so viel zu tun gewesen. Aber nun wollest du dich wenigstens kurz melden, um mir zu sagen, dass eine Wiedergutmachung absolut nicht nötig sei. Denn wie du damals schon festgestellt habest, sei es nur ein Hemd, nur ein Fleck gewesen. Und dann hast du mit den nächsten Worten doch ein Lächeln auf mein Gesicht gezaubert. Du würdest mich aber gern auf eine Tasse Kaffee einladen. In Dahlmanns Bazar, gleich morgen, wenn es mir passe. Um zwei Uhr.

Ich sagte zu.

Den Klang deiner Stimme mochte ich damals sofort. Nun mochte ich es auch, wie du die Worte aussprachst, ruhig und besonnen.

20.

Der Himmel über dem Meer war wolkenverhangen, die Luft schwül. Am Nachmittag werde der Regen die Atmosphäre reinigen, hatte Marlene gesagt. Ich war zeitig losgefahren, trug ein cremeweißes Sommerkleid aus Seide. Die Blätter der blühenden Blumen darauf hatten die Farbe meiner Augen. Dunkles Olivgrün. Mein Haar hatte ich mir zu einem losen Zopf zusammengebunden. Eine halbe Stunde zu früh setzte ich mich auf eine Bank in der Nähe des Denkmals. Dachte an Marlene. Wie viel Zeit ihres Lebens sie damit verbracht hatte, auf ihre große Liebe zu warten. Fast konnte ich die beiden vor mir sehen. Die junge Frau, die jeden Tag sehnsüchtig an den Hafen gegangen war, und den verschmitzt lächelnden Hochseefischer mit den eisblauen Augen. Wie schön, dass sie einander und zueinander gefunden hatten. Wie wir – in meinen Träumen. Sollte ich dir davon erzählen? Und wenn ja, wie könnte ich es dir erklären?

Als ich aufstand, sah ich dich. Vielleicht zweihundert Meter vor mir gingst du mit leicht gesenktem Kopf, das

Telefon in der rechten Hand am Ohr. Weißes Hemd, hellgraue Hose. Ich blieb stehen, schaute dir unauffällig nach, wie du auf die Treppe zuliefst. Bis du oben in der Altstadt angekommen warst. Dann erst folgte ich dir in gemäßigtem Tempo. Ich hatte noch Zeit und wollte dir nicht verschwitzt und außer Atem gegenübertreten.

Du standest vor Dahlmanns Bazar, hast die Auslage der Bücher im Schaufenster betrachtet. Ich war schon fast bei dir, als du dich plötzlich umdrehtest. Unsere Blicke trafen sich. Du begrüßtest mich mit einer leichten Verbeugung, ich dich mit Freude und einem Lächeln.

Du hattest einen Tisch draußen für uns reserviert, zeigtest darauf und erkundigtest dich, ob ich lieber im Café Platz nehmen wolle. Ich sagte, dass ich bei dem Wetter gern im Freien säße, bedankte mich, als du einen der Stühle etwas für mich zurückzogst und dabei vorschlugst, ich könne auch den anderen wählen, wenn ich lieber mit dem Gesicht zur Sonne sitzen wolle. In dem Moment warst du der Mann aus meinen Träumen. Mit fürsorglicher Zurückhaltung. Du hast mich gesiezt, obwohl wir nur unsere Vornamen ausgetauscht hatten.

Die Bedienung kam und begrüßte uns. Sie kannte dich, fragte, ob sie dir einen doppelten Espresso bringen dürfe. Und mich, ob ich mich schon entschieden hätte. Ich brauchte etwas Kühles, bestellte einen Latte freddo, lauschte der kurzen Unterhaltung zwischen ihr und dir. Über eine neue Kaffeesorte, die sie dir empfahl. Dabei sah ich in den Innenraum, hielt Ausschau nach deiner Bekannten, von der ich nicht wusste, ob sie es nur im Traum war. Aber ich konnte sie nicht entdecken.

Und dann gab es nur noch dich und mich. Zwischen uns

nicht mehr als eine Armlänge Abstand. Zuerst fielen mir deine braunen Augen auf und dass ich sie genauso in Erinnerung behalten hatte, obwohl ich dich nur einen kurzen Moment gesehen hatte. Deine dunkelblonden Augenbrauen waren durchsetzt mit weißen Härchen, in Form gezupft und gepflegt wie dein ganzes Erscheinungsbild. Du warst frisch rasiert, deine Haut glatt. Deinen Mund umspielte das leichte Lächeln, das ich aus dem Restaurant kannte. Freundlich, aber unverbindlich. So wie deine Ansprache.

»Sie machen Urlaub auf Rügen?«

»Drei Wochen, in Lohme. In einem hübschen roten Haus mit Blick auf das Meer.«

Deine Stirn legte sich in Falten. »Kann man es vom Hafen aus sehen?«

»Ja. Es ist ein Doppelhaus mit Rohrdach und weißen Sprossenfenstern. Klein, aber sehr gemütlich. Der Ausblick ist herrlich.«

Du nicktest. »Idyllisch. Ich kenne es. Es gibt ein Restaurant in Lohme, direkt am Meer, das ich übernehmen wollte. Aber dann habe ich mich doch für Lauterbach entschieden.«

»Ebenfalls direkt am Wasser«, sagte ich. »Das Essen war übrigens sehr gut.«

»Das freut mich.«

Die Bedienung brachte unsere Getränke, dazu zwei Gläser stilles Wasser, und blieb an unserem Tisch stehen.

Du nahmst die Tasse, schnuppertest daran, trankst einen kleinen Schluck, so als würdest du einen Wein verkosten.

Während sie auf dein Urteil wartete, entdeckte ich etwas Crema auf deiner Oberlippe. Im Traum hätte ich mit dem

Daumen darübergestrichen oder ihn einfach weggeküsst. Im echten Leben griffst du zur Serviette und tupftest sie ab.

»Sehr gut«, sagtest du. »Nuss und Zartbitterschokolade im Aroma. Im Geschmack eine Zitrusnote.« Du sahst kurz auf die Uhr an deinem Handgelenk, dann zu mir. »Entschuldigen Sie, gleich bin ich ganz bei Ihnen.«

Aber das warst du nicht. Auch nicht, nachdem die Bedienung, zufrieden mit deiner Einschätzung, gegangen war.

»Wie gefällt es Ihnen auf Rügen?« Du krempeltest den Ärmel deines Hemdes auf. Ich sah die von der Sonne aufgehellten Härchen auf deiner gebräunten Haut, bemerkte deinen neuerlichen Blick auf die silberne Armbanduhr mit dem weißen Ziffernblatt und dem Uhrwerk mit Handaufzug. Eine ähnliche Uhr derselben Marke hatte mein Vater getragen. Er hatte selten darauf geschaut, du dagegen in kürzester Zeit zum zweiten Mal. Du wirktest unruhig, ich hatte das Gefühl, du wärst in Eile. Oder du interessiertest dich schlicht nicht für mich.

Einen Moment lang rang ich mit mir, bevor ich fragte: »Haben Sie gleich noch einen Termin oder langweile ich Sie?«

Jetzt sahst du mich zum ersten Mal mit Interesse an. »Sie haben recht, ich bin abwesend. Das ist unverzeihlich. Der Küchenchef hat sich gestern Abend verletzt, nicht schwer. Trotzdem fällt er diese Woche aus. Eine gute Freundin, allerdings nicht vom Fach, hat aushilfsweise die Regie in der Küche übernommen. Und nun warte ich auf den Anruf, dass alles schiefgeht.« Du lächeltest verlegen. »Aber er kommt nicht.«

»Weil alles gut läuft?«

»Ich vermute.« Du sahst mir schmunzelnd in die Augen. »Ich kann schlecht loslassen. Wenn ich könnte, würde ich mich selbst in die Küche stellen.«

Kaum warst du ganz bei mir, fühlte ich mich wie im Traum und musste mich ermahnen, meine Hand nicht nach dir auszustrecken. Stattdessen griff ich nach meinem Eiskaffee. »Wenn ich nicht loslassen kann und Arbeiten lieber selbst erledige, anstatt sie abzugeben, hat es meistens einen Grund.«

Ich mochte die Art, wie du den Kopf zur Seite neigtest und mich ansahst. »Da ist was dran. Allerdings ist Katarina sehr gut. Bei allem, was sie tut. Sie hat unter anderem dabei geholfen, Dahlmanns Bazar aufzubauen.«

Meine Nackenhaare kribbelten, eine leichte Gänsehaut überzog meinen Kopf. Ich war mir sicher, dass wir von der Frau sprachen, die ich in meinen Träumen und dann hier gesehen hatte.

»Was ist los?«, fragtest du sofort. Du hattest meine Unsicherheit bemerkt, beobachtetest mich und brachtest mich noch mehr aus dem Gleichgewicht.

»Hat sie dunkelbraunes schulterlanges Haar, einen offenen Blick, etwa meine Größe?«

»Das klingt nach Katarina. Woher kennen Sie sich?«

Ich trank wieder einen Schluck Eiskaffee, kühlte meine Kehle und die Gedanken. »Kennen ist nicht der richtige Ausdruck. Aber vorgestern habe ich hier eine Frau gesehen, die mich an die Kellnerin erinnert hat, bei der ich den Kaffee bestellt hatte, der dann auf Ihrem Hemd gelandet ist.«

Du hieltest deine Hand an die Brust, wo sich damals der

Fleck ausgebreitet hatte. »Ja, das muss sie gewesen sein. Sie haben eine gute Beobachtungsgabe. Apropos … das wollte ich schon die ganze Zeit fragen. Wo ist denn Ihr Hund?«

»Bei Marlene, der Vermieterin meiner Ferienhaushälfte«, antwortete ich, erleichtert, dass du nicht weiter nachhaktest.

Du hobst die Augenbrauen, öffnetest leicht den Mund. Es war einfach, in deinem Gesicht zu lesen. Du warst überrascht. Und ich war es im nächsten Moment auch.

»Nicht etwa Marlene Melchow?«

»Doch, genau die.« Meine Stimme klang kratzig. Ich räusperte mich.

»Die Welt ist klein«, sagtest du. »Ich wusste, dass sie nach Lohme gezogen ist. Dass sie vermietet, ist mir neu. Richten Sie ihr doch bitte einen herzlichen Gruß von mir aus. Ich denke, dass sie sich an mich erinnert, auch wenn wir uns nur einmal gesehen haben. Mein Vater, Gustav Obermair, war mit ihrem Mann befreundet. Die beiden sind früher häufig gemeinsam mit dem Boot rausgefahren.

Ich brauchte einen Moment, um zu verarbeiten, zu begreifen, was du gesagt hattest. »Ihr Vater ist Fischer?«

Zum ersten Mal hörte ich dich im echten Leben laut lachen. Meine Gefühle fuhren Achterbahn. Du klangst so warm und offen wie der Mann, mit dem ich mich in meinen Träumen traf.

»Mein Vater war Unternehmer.« Du wurdest plötzlich ernst. »Er kam Ende der Neunziger beruflich auf die Insel. Dabei hat er Alexander kennengelernt und ihn davon überzeugt, mit ihm zum Fischen rauszufahren. Die beiden haben sich angefreundet. Die Jahre darauf hat mein Vater häufiger Urlaub hier gemacht, hat ein Ferienhaus gekauft. Wann immer er die Berge satt und Sehnsucht nach dem Meer hatte, ist er nach Rügen gefahren.«

Kannte Marlene Anton doch? Hätte sie nicht zumindest hellhörig werden müssen, als ich ihr den Namen genannt hatte? Ich wusste nicht, was ich von der ganzen Sache halten sollte, und versuchte meine Verwirrung zu überspielen. »Die Berge, daher der Akzent.«

»Steierisch. Ich habe versucht, ihn mir abzugewöhnen, aber hin und wieder klingt er wohl durch.

Du kamst also tatsächlich aus Österreich. »Warum? Er bleibt in Erinnerung. Ich höre Ihnen gerne zu.«

Du gingst nicht auf mein Kompliment ein. Stattdessen fragtest du, ob du mir noch einen Kaffee oder vielleicht etwas anderes bestellen solltest – und sahst wieder auf die Uhr.

Gerne hätte ich dich gefragt, von welchen Bergen du gesprochen hattest. Aber du warst nicht mehr bei mir, und ich wollte dich nicht bedrängen.

»Nein, danke. Ich vermute, die Küche ruft«, sagte ich, mit Blick auf dein Handgelenk.

Du lächeltest entschuldigend, nicktest.

In dem Moment fielen die ersten Tropfen vom Himmel. Du schautest nach oben, dann zu mir. »Da kommt gleich ordentlich was runter. Wo haben Sie geparkt?«

»Am Hafen.«

»Ich zahle, hole meinen Wagen und fahre Sie zu Ihrem.« Du standest auf. »Vielleicht warten Sie so lang drinnen im Café und bestellen doch noch etwas?«

»Das ist nicht nötig. Aber trotzdem vielen Dank.« Ich erhob mich ebenfalls.

»Wie Sie meinen.«

»Der Weg zum Hafen ist nicht weit, ich gehe gern im Sommerregen spazieren. Aber ich komme trotzdem mit rein. Die Buchhandlung ist sehr gut sortiert, die Auswahl inspirierend.«

Während du am Tresen die Rechnung beglichst, ging ich zu den Büchern, stellte mich so, dass ich dich noch sehen konnte. Mit vor der Brust verschränkten Armen hörtest du der Bedienung zu, lachtest, holtest deine Geldbörse aus der Hosentasche und zahltest. Dann kamst du zu mir und bliebst in einiger Entfernung vor mir stehen.

»Danke für das nette Gespräch.« Du deutetest die obligatorische Verbeugung an. »Waren Sie schon auf der Halbinsel Mönchgut? In Baabe gibt es einen wunderschönen Strand, das Meerwasser hat dort beste Qualität.« Wieder die angedeutete Verbeugung. »Viel Spaß noch auf Rügen. Und denken Sie an die Grüße für Marlene.«

»Werde ich nicht vergessen«, sagte ich. »Für Sie viel Glück mit der Küche.«

Ich blieb mit dem Gefühl des Verlassenwerdens zurück. Obwohl ich mich auch diesmal gewappnet, mich darauf vorbereitet hatte, war ich wie gelähmt, unfähig, dir nachzugehen. Dich zu bitten, zu bleiben. Stattdessen sah ich dir nach. Andere wären gerannt. Du gingst mit angezogenen Schultern und ruhigen, langen Schritten durch den Regen.

21.

Mir war klar gewesen, dass mein Leben sich verändern würde, wenn ich dich fand. Nun wusste ich, wie. Ich hatte dich gefunden, um festzustellen, dass du dich nicht für mich interessiertest. Es war Zeit, mich von dir zu verabschieden, dich loszulassen.

Wahllos griff ich nach einem Bildband über Rügen, blätterte darin. Die Kreidefelsen, die Seebrücke von Sellin, Kap Arkona. Die Fotos erreichten mich nicht.

Ich schlug das Buch zu und schaute hinaus. Der Regen prasselte auf das warme Kopfsteinpflaster, verdampfte. In mir das Gefühl von Enttäuschung.

»Das dauert«, sagte da jemand neben mir. »Es regnet sich ein.«

Ich blickte zur Seite, in die grünen Augen eines Mannes.

»Wie gefallen Ihnen die Aufnahmen?«, fragte er.

»Sie scheinen mir belanglos«, antwortete ich.

Der verschmitzte Gesichtsausdruck, das Streichen mit Daumen und Zeigefinger über das stoppelige Kinn, das dunkle störrische Haar. Er erinnerte mich an meinen Vater. Ich klappte das Buch an beliebiger Stelle auf, sah auf den Buchenhain, über dem die Sonne aufging. »Das ist schön.«

»Sie haben recht, sie sind belanglos. Es war eine Auftragsarbeit. Ich musste mich an die Vorgaben halten.«

Es war der Fotograf. »Handwerklich sind sie gut gemacht, sehr gut«, versicherte ich schnell.

Da sah ich plötzlich den weißen Lieferwagen an der Straße halten. Und schon stiegst du aus. In der Hand einen schwarzen Regenschirm.

Gerade erst hatte ich mich damit abgefunden, dich verloren zu haben, und schon betratst du wieder das Café, mein Leben.

Du sahst dich um, entdecktest mich und kamst auf uns zu. Dein Blick traf meinen, blieb aber bei meiner flüchtigen Bekanntschaft neben mir haften.

»Anton«, sagte der Fotograf und hob grüßend die Hand in deine Richtung.

Du bliebst etwa einen Meter vor uns stehen. »Robert. Schön, dich zu sehen.«

Er machte einen Schritt auf dich zu, boxte mit der Faust spielerisch gegen deine Schulter. »Mensch, wie lange ist es her?«

»Eine Weile«, sagtest du, in der dir freundlichen, aber distanzierten Art, so, wie ich dich in deinem Restaurant erlebt hatte. Du wendetest dich an mich. »Ich habe einen Schirm. Und ein Auto vor der Tür.«

Der Klang deiner Stimme hallte in mir nach, ich brauchte einen Moment, um mich zu sortieren.

»Sie sind mir nicht böse, wenn ich es nicht kaufe?«, fragte ich den Fotografen.

»Wenn Sie es täten, wäre ich enttäuscht.«

Ich legte das Buch zurück. »Auf Wiedersehen.«

Du hieltest den Schirm über unsere Köpfe. Wie selbstverständlich legte ich meine Hand in deine Armbeuge, als wir aus der Tür traten. Wasser spritzte bei jedem unserer Schritte an unseren Schuhen hoch, durchnässte meine Sandalen. Du öffnetest die Autotür, wartetest, bis ich mich gesetzt hatte. Erst als du den Wagen startetest, wurde mir klar, dass ich dich zum ersten Mal berührt hatte. Im echten Leben.

Deinen Blick hattest du konzentriert auf die Straße gerichtet, zwischen die Scheibenwischer hindurch, die sich im schnellen Takt bewegten.

»Robert macht hervorragende Fotos. Schauen Sie sich bei Gelegenheit mal seine Werke an. Er lässt geschickt die Grenzen zwischen Realität und Kunst verschwimmen. Im Moment stellt er im Binzer Museum aus.«

»Das hört sich spannend an.«

»Interessieren Sie sich für Kunst?«

»Ja«, antwortete ich. »Erst vor ein paar Tagen habe ich ein Bild einer Rügener Künstlerin im Sassnitzer Werkladen gekauft. Die Kreidefelsen.«

Du warfst mir einen schnellen Blick zu. »Das Wahrzeichen Rügens, das gefällt den meisten Urlaubern.«

»Auch sie hat abstrahiert, die Farben reduziert, es sehr minimalistisch gehalten«, versuchte ich mich zu erklären, »und dennoch ist es sehr stimmungsvoll und hat mich sofort angesprochen. Welche Kunstrichtung sagt Ihnen zu?«

»Ich mag die Ästhetik des frühen 20. Jahrhunderts, das Bauhaus und seine Epigonen, und darum schaue ich immer darauf, wo etwas zu viel ist: Gutes Design ist so wenig Design wie möglich.«

»Ich mag Stimmung, Licht. Mein Vater ist an meinem zehnten Geburtstag mit mir nach Paris gefahren. Er wollte mir im Museum einen Monet zeigen, *Impression, soleil levant*. Das Gemälde hat mich damals tief beeindruckt, die pastelligen, violettblauen Farben, die sich mit dem Licht vermischt zu haben schienen, die orangerote aufgehende Sonne, die sich im Wasser in den grüngrauen Wellen spiegelte. Mein Vater hat mir erklärt, dass es Monet darum ging, Eindrücke und Empfindungen eines bestimmten Moments einzufangen, Impressionen. Kurz darauf hat er mir Farben, Pinsel und eine große Leinwand geschenkt. Leider hat sich schnell herausgestellt, dass ich völlig unbegabt bin, was die Malerei angeht.« Ich lächelte. »Anstatt mich künstlerisch auszuprobieren, habe ich die Leinwand gemeinsam mit meiner besten Freundin bemalt. Um das, was wir füreinander empfanden, darzustellen, haben wir viele bunte Herzen darauf gepinselt, in die wir unsere Namen geschrieben haben. Es hängt noch heute in meinem Arbeitszimmer.«

»Das sind sehr schöne Erinnerungen. Wie gut, dass Ihr Vater Ihnen so früh schon einen Zugang zur Kunst ermöglicht hat.« Du sahst kurz zu mir rüber. »Darf ich fragen, ob Sie das für Ihre spätere Berufswahl beeinflusst hat? Sie scheinen sich auszukennen.«

»Zu meinem sechzehnten Geburtstag waren wir wieder in Paris, diesmal gingen wir in ein Antiquariat. Ich durfte mir ein Buch aussuchen. Durch meinen Vater habe ich schon früh die Liebe zur Literatur entdeckt. Ich arbeite als Übersetzerin, mit einer Vorliebe für französische Werke des neunzehnten Jahrhunderts. Aber auch die Gegenwartsliteratur packt mich hin und wieder.«

»Ein schöner Beruf.«

»Das finde ich auch.« Wir waren mittlerweile am Hafenparkplatz angekommen. Es standen nur noch wenige Autos dort. »Der Rote mit dem Hamburger Kennzeichen.«

Du hieltest neben meinem Wagen.

»Vielen Dank. Für die Einladung und das nette Gespräch«, sagte ich.

»Es war mir eine Freude.«

Du hast hinter deinen Sitz gegriffen, den Schirm hervorgezogen, die Tür geöffnet, wolltest gerade aussteigen, da bat ich dich, mir noch einen Moment deiner Zeit zu schenken.

Du drehtest dich zu mir, sahst mich an.

»Ein paar Wochen nachdem wir uns das erste Mal in Dahlmanns Bazar getroffen haben, fing ich plötzlich an, von Ihnen zu träumen.« Ich wollte mich dir offenbaren. In der Hoffnung, meine Worte würden dich erreichen, ihren Weg durch die Distanz, die Unverbindlichkeit finden, erzählte ich dir von unserer ersten nächtlichen Begegnung. Von deiner Hand auf meiner Schulter, der Vertrautheit zwischen uns.

»Ich bin nach Rügen gekommen, um nach Ihnen zu suchen. Nun habe ich Sie gefunden. Aber ich weiß noch immer nicht, warum ich Nacht für Nacht von Ihnen geträumt habe. Wir haben uns vor dem Kaffeemalheur noch nie gesehen, kennen uns nicht. Und doch kommt es mir so vor.« Ich atmete tief und befreit durch. »Das zu erzählen war emotional notwendig. Jetzt geht es mir besser.« Ich sah dich an, wartete.

Dein Blick ruhte ernst auf mir. Dann nicktest du unmerklich. »Vielleicht finden wir es gemeinsam raus. Geben Sie mir zwei, drei Tage. Im Moment ist viel zu tun im Restaurant. Aber ich melde mich auf jeden Fall. Und wenn wir uns wieder treffen, bringe ich Zeit mit.« Ein leichtes Lächeln. »Ich würde dafür aber gern auf das Du übergehen.«

»Sehr gern.« Ich fuhr mir durchs Haar. »Es klingt verrückt, ich weiß.«

»Nicht verrückt.« Du mustertest mich kurz. »Es passt zu dir.«

Ich kam nicht dazu, dich zu fragen, was du damit meintest. Du öffnetest die Tür, stiegst aus, gingst um das Auto herum, hobst den Schirm schützend über unsere Köpfe und brachtest mich zu meinem Wagen. Als ich eingestiegen war, beugtest du dich noch einmal zu mir herunter.

»Welches Buch hast du dir damals in Frankreich ausgesucht, Sophie?«

»Jules Vernes, *Vingt mille lieus sous les mers*, eine Ausgabe von 1919.«

»Gute Wahl.« Zum ersten Mal hatte ich das Gefühl, dass du nicht nur eine zufällige Bekanntschaft ansahst, sondern mich. »Ich freue mich auf unser Wiedersehen.«

»Ich mich auch.«

Du drehtest dich um und gingst. Unsere Wagen starteten wir gleichzeitig. Du fuhrst vor mir vom Parkplatz, ich folgte dir. Der Regen hatte nachgelassen, die ersten Sonnenstrahlen suchten ihren Weg durch die Wolken. Vor mir der weiße Lieferwagen, den ich in meinem Traum gesehen hatte.

22.

An der Hauptstraße hattest du den Blinker nach links gesetzt. Mein Weg führte mich in die andere Richtung, durch den urigen alten Buchenwald des Jasmunder Nationalparks, vorbei an Feldern, Wiesen, kleinen Dörfern mit hübschen Kirchen.

Es ging mir gut. Ich fühlte mich leicht. Befreit.

Kurz vor Lohme klingelte mein Telefon. Und kurz darauf wieder. Ich widerstand dem Impuls, anzuhalten und nachzuschauen, ob es Marlene war. Lotte war bei ihr geblieben, die Erinnerung an die Tierklinik kam wieder hoch. Doch ich hatte es nicht mehr weit, parkte den Wagen vor dem Haus und sah nach, wer versucht hatte, mich zu erreichen. Es war Thomas. Er hatte zweimal angerufen und mir eine Nachricht geschickt.

Liebe Sophie, könntest du mich bitte zurückrufen.
Es ist wichtig. Thomas

»*Liebe Sophie*«, so hatten seine Nachrichten begonnen, nachdem wir uns kennengelernt hatten. Wenn er mir

Botschaften auf kleinen Zetteln hinterlassen hatte, versteckt in meiner Tasche, im Portemonnaie, mit einem Magneten am Kühlschrank befestigt, am Badezimmerspiegel. Im Laufe der Zeit war ich sein Engel, sein Schatz und dann einfach Sophie geworden. Irgendetwas musste passiert sein. Seine Mutter, schoss es mir durch den Kopf. Von ihrem zweiten, wenn auch leichten, Schlaganfall vor einem halben Jahr, hatte sie sich nicht wieder vollends erholt.

Ich rief ihn zurück. »Was ist los?«

»Gut, dass du dich meldest.« Seine Verfassung war ihm immer an der Stimme anzuhören, sie klang einen Tonfall höher als sonst, wehleidig. Er atmete tief ein, wieder aus und schwieg. Ich sah ihn vor mir. Wie er sich durch das Haar strich, nach den richtigen Worten suchte.

»Thomas, was ist passiert?«

»Wir haben uns getrennt.«

»Ja, das haben wir«, erwiderte ich. In dem Moment erst begriff ich, wen er damit gemeint hatte.

»Nicole und ich, wir sind kein Paar mehr«, sagte er da auch schon. »Sie kommt nicht damit klar, dass ich noch immer an dir hänge.« Er stockte, dann räusperte er sich. »Weil ich dich noch immer liebe.«

Kaum hatte ich dich gefunden, freute mich auf unser Wiedersehen, da entdeckte Thomas seine Gefühle für mich wieder. Ich schwieg einen Moment. Er hatte mich mit seinem Geständnis überrascht. »Es ist schade, dass es mit dir und Nicole nicht funktioniert«, sagte ich schließlich. »Aber deine Gefühle erwidere ich nicht. Wir haben uns getrennt, mir geht es gut allein.«

»Du bist noch allein?«, hakte er nach. »Es gibt keinen

Neuen an deiner Seite, den Mann aus deinen Träumen? Du bist doch noch auf Rügen. Oder?«

Widerstand regte sich in mir. »Das waren drei Fragen auf einmal«, antwortete ich. »Genau genommen vier. Und ich sehe keinen Grund, darauf zu antworten. Du warst es, der unsere Ehe beendet hat, Thomas.«

»Entschuldige, du hast ja recht. Es geht mich nichts an. Es ist nur so ...« Er fluchte, ich hörte Autohupen. Thomas rief mich über die Freisprechanlage seines Wagens an. »Falls du noch auf Rügen sein solltest, hättest du etwas dagegen, wenn ich für ein paar Tage zurück in unsere Wohnung ziehe? Nur so lange, bis ich eine neue gefunden habe. Oder wenigstens, bis du wieder zurück bist. Bis dahin könnte ich etwas für den Übergang organisieren.«

Deswegen der Anruf. Die wiedergefundene Liebe. Es war meine Wohnung, nicht unsere. Aber darüber wollte ich nicht diskutieren. Auch wenn es mit uns nicht gut gegangen war, hatten wir eine gemeinsame Vergangenheit. Er war mir noch wichtig genug, um ihm zu helfen.

»Frau Schröder hat einen Ersatzschlüssel. Ich sage ihr Bescheid, dass du kommst.«

»Danke, Sophie.« Erleichterung klang in seiner Stimme mit.

»Aber ohne deine Möbel. Und nur für den Übergang.«

»Die Sachen können erst einmal bei Nicole bleiben. Wir haben uns nicht im Bösen getrennt. Es war nur so, dass ...«

Thomas war nicht mehr Teil meines Lebens. »Das ist eine Sache zwischen euch beiden. Ich rufe jetzt Frau Schröder an.« Sie war die meiste Zeit zu Hause, ging hin und wieder in den Supermarkt um die Ecke oder fuhr mit dem Taxi zum Arzt. »Wann willst du den Schlüssel holen?«

»Ich bin gleich da, zwei Minuten noch«, antwortete er.

Thomas kannte mich gut genug, er hatte vorausgesehen, wie ich mich entschied. Ich rief meine Nachbarin an, bat sie, ihm den Schlüssel auszuhändigen, gab Thomas Bescheid, blieb noch einen Moment sitzen und sah auf das rote Haus, in dem ich mich vom ersten Augenblick an angekommen gefühlt hatte. Dann stieg ich aus.

23.

Marlene stand barfuß auf einem Hocker unter dem Apfelbaum, nahm eines der Windlichter vom Ast, schüttete das Regenwasser aus und hängte es wieder auf. Sie sah mich auf die Terrasse treten und winkte fröhlich.

Als ich bei ihr war, schüttelte sie übermütig einen Zweig, der über meinem Kopf hing. Wassertropfen fielen auf mich herab, sie lachte. »Erzähl, wie war es?«

Ich war gespannt, wie sie reagierte. »Liebe Grüße von ihm, ihr kennt euch. Er sagt, sein Vater sei häufiger mit deinem Mann aufs Meer hinaus, sie seien befreundet gewesen.«

Sie stieg mit gekräuselter Stirn vom Hocker. »Wir sprechen hier nicht etwa über Gustav Obermair und seinen Sohn Antonius?«

Du hattest mir nicht gesagt, wie dein vollständiger Name lautete. »Genau.«

Marlenes Gesicht verfinsterte sich. »Erinnere mich nicht daran.«

Ihre Reaktion überraschte mich. »Wieso, was ist passiert?«

»Alkohol«, sagte sie. »Gustav hatte einen sehr schlechten Einfluss auf Alexander.« Sie sah zum Wasser. »Lebt er noch? Auf Alexanders Seebestattung hat er sich nicht blicken lassen.«

»Das weiß ich nicht.«

»Die Guten gehen immer zu früh«, sagte Marlene. »Die Schlechten bleiben. Wahrscheinlich ist er noch da.« Sie blickte zu mir. »Ich habe Brot gebacken. Möchtest du eine Schnitte? Was hältst du von einem frühen Abendessen, ich hatte heute kein Mittag.«

Sie wollte nicht darüber sprechen. Und ich wollte es auch nicht, wollte selbst herausfinden, wer du warst. »Frisches Brot? Wie könnte ich da Nein sagen, Marlene. Sehr gern.«

»Du müsstest nur eben mit Lotte raus«, sagte sie. »Bei dem Wetter habe ich sie nicht vor die Tür gelassen.« Sie sah prüfend in den Himmel. »Wir dürften fünf Uhr haben. In einer halben Stunde?«

Steine, Kiesel und Muscheln glänzten feucht in der Wärme. Die Sonne schien hinter einem feinen Schleier, der mit der Wasseroberfläche beinahe verschmolz. Ein einsamer Kutter schaukelte in den Wellen. Das Meer in Pastelltönen, stimmungsvoll wie der Monet, von dem ich dir erzählt hatte. Lotte lief ausgelassen vor mir her, wälzte sich in einer großen Pfütze, hatte Spaß. Ich dachte an unser Treffen im Café. Wie in meinen Träumen, hattest du im echten Leben eine ähnliche Wirkung auf mich. Mein Inneres wurde ruhiger, sortierte sich. Die Aufregung war einer leisen Freude gewichen. Du hattest versprochen, dich in den nächsten drei Tagen zu melden, und ich war mir sicher, das würdest du. Ich sah zur Sonne. Wie weit würde sie in einer halben Stunde Richtung Westen wandern? Und wie praktisch wäre es, die Uhrzeit an ihrem Himmelsstand abzulesen, wie Marlene es tat.

Sie wartete auf der Terrasse mit dem gedeckten Tisch auf mich.

»Erzähl mir von Anton«, sagte sie. »Alexander hat ihn mehrmals erwähnt. Aber ich selbst habe ihn nur einmal kurz gesehen, kann mich kaum erinnern. Wie ist er?«

Ich sah dich die Promenade entlanggehen, das Telefon am Ohr, sah dich im Café sitzen, mit Blick auf die Armbanduhr, sah dich den Schirm über unsere Köpfe halten. Den ernsthaften Ausdruck, als ich dir im Auto von meinen Träumen erzählte. Und plötzlich dein Lächeln. »Ambivalent. Feinfühlig, sensibel, fürsorglich. Sehr zurückhaltend, höflich, besonnen. In sich ruhend, aber …« Ich suchte nach den richtigen Worten. »Aber auch unstet, sehr beschäftigt. Desinteressiert. Es ist nicht leicht, seine Aufmerksamkeit zu gewinnen. Erst als ich ihm erzählt habe, dass ich von ihm träume und deswegen nach Rügen gekommen bin, hat er mich wahrgenommen.«

Marlene sah mich ungläubig an. Dann fing sie laut an zu lachen und steckte mich an.

»Es war eine spontane Entscheidung, ich habe nicht darüber nachgedacht.«

Sie tupfte sich mit einer Serviette die Tränen aus den Augen. »Habe ich dir schon gesagt, dass ich dich sehr gernhabe? Du bist so herrlich authentisch, zeigst dich, wie du bist, lässt andere dein wahres Ich sehen. Das macht dich verletzbar, und das heißt Stärke zu zeigen.« Sie schnitt dicke Scheiben Brot ab und legte, ohne zu fragen, eine davon auf meinen Teller. Es war meine zweite. »Versuch den Bärlauch-Frischkäse dazu. Er ist aus der Poseritzer Molkerei. Magst du Buttermilch?«

Es wurde Abend, die Sonne ging unter, der Himmel färbte sich blassorange über den blaugrauen Wellen. Seitdem ich hier war, präsentierten sich Himmel und Wasser in den unterschiedlichsten Tönen. Grau auf Grau, leuchtend Blau auf Türkis, Blutrot auf Schwarz. An diesem Tag schienen mir die Farben besonders gelungen.

»Ich wünschte, ich könnte malen, um die Stimmung für immer festzuhalten«, sagte ich.

»Mach ein Foto«, erwiderte Marlene.

»Dein Pragmatismus ist erfrischend.« Ich griff nach meinem Telefon, stand auf, ging durch den Garten bis zu den Lorbeerbüschen am Abhang und fotografierte Himmel und Meer.

»Sie sind schön, wirken aber fast kitschig«, sagte ich zu Marlene, die sich kurz darauf mit mir die Aufnahmen ansah.

»Ist der Sonnenuntergang das nicht immer?«, fragte sie.

»Nur auf dem Foto.« Ich sah wieder zum Meer. »Jeden Abend ein Ende. Und jeden Morgen ein Anfang. Ein tröstlicher Gedanke.«

Marlene legte ihre Hand auf meinen Arm. »Schöne Worte. Schreib sie auf.«

»Vielleicht, irgendwann. Es gibt für alles eine Zeit.«

Wir zündeten die Kerzen in den Windlichtern an. Ihre Dochte knisterten, als das Wasser darin verdunstete. Ich sah, wie schön alles um mich herum war. In mir spürte ich ein wohliges Ziehen, Glück. Ein abhandengekommenes Gefühl. Es nahm der Traurigkeit das Gewicht.

Wir setzten uns wieder auf die Terrasse, Marlene holte die Decken.

»Wie kommst du damit zurecht, wieder auf seinen Anruf warten zu müssen? Ich denke an die Sechzehnjährige in dir.«

»Er wird sich melden«, antwortete ich. »Es geht mir gut.« Ich deutete mit dem Kopf auf mein Telefon. »Aber das werde ich heute Nacht nicht lautlos stellen und auf den Nachttisch legen.«

Marlene lachte, und ich freute mich darüber.

»Du fehlst mir jetzt schon, wenn du wieder zurück nach Hamburg fährst«, sagte sie.

»Du mir auch.« Schlagartig wurde mir bewusst, dass ich das nicht wollte. »Bist du bei dem Entschluss geblieben, nicht mehr zu vermieten, oder reisen nach mir noch andere Gäste an?«

Sie sah rüber zu meiner Haushälfte. »Ich hatte gehofft, dass du irgendwann fragst. Ursprünglich hatte ich vorgehabt, aufgrund schlechter Erfahrungen nicht mehr zu vermieten, hatte es allerdings noch nicht aus dem Portal löschen lassen. Hin und wieder bekam ich eine Anfrage per Mail, lehnte ab, nahm mir vor, mich endlich darum zu kümmern. Und dann hast du dich gemeldet, im Betreff *Bitte helfen Sie mir* angegeben. Das hat mich neugierig gemacht.«

Und vermieten Sie das wunderschöne Häuschen an mich. Ich komme mit meiner sehr lieben Golden-Retriever-Hündin Lotte. Ihre Sophie, hatte ich an Marlene geschrieben. »Du hast mich sofort angerufen.«

»Es war die Traurigkeit in deiner Stimme, die mich schließlich dazu verleitete, die Haushälfte noch einmal zu vermieten. Deine Freude, als ich dir zusagte, bestätigte meine Entscheidung.«

»Und jetzt bin ich hier.«

»Das bist du.« Sie sah mich an. »Und du kannst so lang bleiben, wie du möchtest.«

»Auch für ein paar Monate?«

»So lang, wie du möchtest.«

Baudelaire kam mir in den Sinn, die Anfrage der Lektorin. Wie schön es wäre, hier zu arbeiten, wenn die Äpfel geerntet, der Baum seine Blätter abgeworfen hatte und den Blick aufs Meer freigab. »Machst du mir einen guten Preis, wenn ich bis Ende November buche?«

24.

In der Morgendämmerung hielt die Sonne sich hinter den Wolken versteckt, der Himmel war grau. Wind strich über unsere nackten Körper. Das Meer war unruhig, kräuselte sich zu kleinen Wellen.

Wir waren noch nicht weit hinausgeschwommen. »Lass uns umkehren«, sagte Marlene. Sie klang besorgt. Als wir wieder festen Boden unter den Füßen hatten, erklärte sie: »Da braut sich in der Tiefe was zusammen.«

Ich wickelte mich in das Handtuch und sah auf die graue Ostsee.

»Mit der Zeit bekommst du ein Gefühl für das Wasser. Wenn du ein paar Monate hier lebst, wirst du es selbst merken.«

Schmunzelnd ging ich hinter Marlene zum Haus hinauf. Noch hatten wir keine weiteren Absprachen getroffen, sie jedoch ging davon aus, dass ich länger als November blieb.

»Was machst du im Winter?«, fragte ich, als wir oben angekommen waren. »Wenn das Wasser eiskalt ist.«

»Rein und sofort wieder raus.« Sie betrachtete meinen

mit Gänsehaut überzogenen Körper. »Das wird dich abhärten. Im nächsten Sommer wirst du weniger frieren.«

Im nächsten Sommer. Ihre Worte hallten in mir nach.

Ich duschte warm, trank eine Tasse Kaffee, ging mit Lotte spazieren. Der Wind war stärker geworden, trieb die Wellen auf das Ufer zu.

Plötzlich blieb Lotte an der Wasserkante stehen und fing an zu bellen. In der Ferne ein leuchtend gelber Farbtupfer. Ich kniff die Augen zusammen, erkannte eine Gestalt, sie stand etwa knietief in der Ostsee. Ein Angler, dachte ich, beruhigte Lotte und ging weiter.

Es war der Fotograf. In gelben Anglerhosen stand er im Wasser, die Kamera auf die Wellen gerichtet.

»So sieht man sich wieder«, rief ich.

Er drehte sich zu mir um. »Die Buchkritikerin.«

»Vorsicht!« Eine größere Welle schwappte an ihm hoch, brach sich an seinem Rücken. Er strauchelte und fiel um. Sein Arm ragte ausgestreckt aus dem Wasser, in der Hand die Kamera.

Prustend tauchte er wieder auf und kam fluchend auf mich zu.

Er war wegen mir gefallen.

»Tut mir leid«, sagte ich. »Ich habe Sie abgelenkt.« Schon wieder entschuldigte ich mich.

»Ach was. Die Strömung hat mir die Beine weggezogen. Ich habe nicht aufgepasst.« Er bückte sich, zog ein Handtuch aus dem am Ufer zurückgelassenen Rucksack, rubbelte sich über das dunkle Haar. Sein grimmiger Gesichtsausdruck wich einem Lächeln. »Doch, Sie sind schuld. Sie haben mich ins Straucheln gebracht. Schon zum zweiten

Mal. Gestern kritisieren Sie meine Arbeit, heute bringen Sie mich dabei zu Fall. Und ich kenne noch nicht mal Ihren Namen.«

»Sophie.« Ich zeigte auf meine Begleitung. »Und das ist Lotte.«

Er ging in die Hocke, kraulte mit beiden Händen kräftig durch das feuchte Fell. »Eine Hübsche bist du.« Lotte hatte sich dicht an ihn gedrängt und stupste ihn auffordernd an, als er aufstand. »Wahrscheinlich bekommt sie niemals Streicheleinheiten, nichts zu fressen, und das Spazierengehen kommt auch zu kurz.« Sein Blick wurde weich. »Meiner hieß Karl. Ein herzensguter Rottweiler. Er hat mich vor zwei Jahren verlassen.«

»Das tut mir leid.«

Er wuschelte über Lottes Kopf. »Ich bin Robert.«

Du hattest ihn mit seinem Vornamen begrüßt, ihr kanntet euch. »Der hervorragende Fotograf, der Kunst und Realität verschmelzen lässt, wie ich erzählt bekommen habe.«

»Anton?«

Ich nickte.

»Er übertreibt.«

Das würdest du nicht. Da war ich mir sicher. »Ich denke, dass er ein sehr gutes Gespür für Qualität hat. Er hat es so gemeint, wie er es gesagt hat.«

»Wie lange kennt ihr euch schon?«, fragte er.

Mir kam es vor wie ein halbes Leben. »Seit ein paar Tagen.«

»Ach so, ich dachte … Ihr wirktet vertraut miteinander.« Er schüttelte leicht den Kopf. »Berufskrankheit, ich beobachte gern.«

Ich freute mich darüber, auch wenn er sich täuschte. Du schienst mir vertraut, warst es aber nicht. »Siehst du die Welt immer durch die Kamera?« Ich blickte zum Wasser. »Oder nur dann, wenn du sie darauf richtest?«

»Die Kamera ändert den Blick auf die Dinge.« Er sah mich an. »Darf ich ein Foto von dir und deiner Hündin machen?«

Ich kniete mich neben Lotte, legte meinen Arm um sie und ließ meinen Kopf gegen ihren sinken.

Er knipste mehrere Bilder und zeigte sie mir anschließend auf dem Display. »Dein Blick erzählt eine Geschichte.«

Eine traurige. Ich dachte an Tessa, wie sehr sie Lotte geliebt hatte. Und auch eine schöne. Seit ich auf Rügen war, ging es mir besser.

Eins der Fotos hob sich von den anderen ab. Lottes Nase an meiner Wange, mein Gesicht ein einziges Lächeln. Lang vermisste Fröhlichkeit.

»Das gefällt mir«, sagte ich.

Robert klickte durch die Aufnahmen. »Ich mag dieses am liebsten.« Noch einmal hielt er mir die Kamera hin. Lottes Blick zu mir, meiner ernst auf den Fotografen gerichtet. Ich.

»Gut getroffen.«

Er nickte, wie um sich selbst zu bestätigen, und sah mich an. »Wie lang wirst du auf der Insel bleiben? Du machst doch Urlaub hier. Oder lebst du auf Rügen?«

»Urlaub«, antwortete ich. »Aber so wie es aussieht, werde ich länger hier sein. Wahrscheinlich bis Ende November.« Ich deutete mit dem Kopf in Richtung Lohme. »Oberhalb des Hafens steht ein rotes Holzhaus mit Rohrdach. Meine Vermieterin hat mir angeboten, noch zu bleiben. Mir gefällt der Gedanke, dort zu arbeiten, mit Blick auf das Meer. Ich übersetze Bücher. Auftragsarbeiten, wie dein Fotoband.«

»Eine künstlerische Leistung. Du gibst den Worten deinen Klang.«

»Und du den Dingen deine Sichtweise.«

Er sah noch einmal auf das Kameradisplay, ging die Bilder durch. Diesmal war es das Meer, das er mir zeigte. Den Ausschnitt einer Welle, grau mit weißen Streifen Gischt. Die nächste silbern glitzernd im Sonnenlicht, grün, türkis.

»Und?«, fragte er.

»Sehr schön«, antwortete ich. »Für meinen Geschmack ein wenig steril. Es fehlt das Leben.« Schon wieder hatte ich ihn kritisiert. Du schlichst dich in meine Gedanken. Du mochtest seine abstrahierten Bilder.

»Das stimmt. Aber sie verkaufen sich gut.« Er nahm seinen Rucksack, holte eine Visitenkarte heraus und gab sie mir. »Schick mir deine Mailadresse, dann bekommst du die Fotos von Lotte und dir. Leider muss ich jetzt los. Ich bin mit Freunden zum Frühstück verabredet.«

Ich steckte die Karte in meine Hosentasche und bedankte mich.

Er strich noch einmal über Lottes Fell. »Pass gut auf dein Frauchen auf.«

»In welche Richtung gehst du?«, fragte ich.

Er zeigte zum Buchenhain. »Nach oben. Und ihr?«

»Wir beide machen heute einen langen Spaziergang, Lotte und ich.« Sie sah mich erwartungsvoll an. »Immer am Meer entlang.«

»Viele Grüße an Svantekahs.«

»Wer auch immer das sein mag.«

»Der Findling zwischen Glowe und Bobbin«, erklärte er. »Die Gletscher haben ihn in der letzten Kaltzeit vor 115 000 Jahren mitgebracht. Nach dem Rückzug der Eismassen ist er hiergeblieben. Seitdem fängt er die Sonnenstrahlen ein und spendet positive Energie.«

Der Stein, auf dem ich gesessen hatte, nachdem ich dich in Sassnitz gesucht und nicht gefunden hatte. »Werde ich ausrichten.«

»Sehen wir uns wieder?«

»Gern«, antwortete ich spontan.

»Du hast meine Karte. Melde dich.«

Ich sah ihm nach. Leichtfüßig ging er mit nackten Füßen über die Steine, so wie Marlene es tat. Bis er hinter zwei mit Muschelketten verzierten Sträuchern verschwand. Der Strand und das Meer hatten etwas Magisches, Traumhaftes. Wie das Haus und der Garten mit dem Apfelbaum.

Meine Hand flach an den warmen Findling gelegt, wusste ich, dass ich bleiben wollte. Alles fühlte sich richtig an. Unvorstellbar der Gedanke, das Rauschen des Meeres gegen das der Autobahn einzutauschen. Auch die Heide rückte in die Ferne.

Der Klingelton meines Telefons störte den Augenblick. Du riefst an.

»Guten Morgen, Anton hier.«

»Wie schön, hallo.« So schnell hatte ich nicht mit dir gerechnet.

»Der Zeitplan für die nächsten Tage ist eng, aber ich habe ein wenig daran gefeilt.« Ich schloss die Augen, lauschte lächelnd deiner Stimme. »Was hältst du von Abendessen, morgen, achtzehn Uhr? Hast du Zeit? Lust?«

»Ja, sehr gern. In deinem Restaurant?«

»Gott bewahre! Da hätten wir keine ruhige Minute. Wir treffen uns in Binz, ich schick dir die Adresse. Es ist ein Hotel mit einer guten Gastronomie.«

»Schön, ich freue mich.«

Noch einmal legte ich die Hand auf den Stein. Die Sonne schien nicht, und doch spürte ich die Wärme.

25.

Das Hotel lag direkt am Strand. Obwohl ich ein paar Minuten zu früh war, wartetest du bereits neben dem Eingang. Du trugst, wie bei unserer ersten Begegnung, ein hellblaues Hemd. Dazu eine taupefarbene Hose und braune Wildlederslipper. Ich hatte mich für ein schlichtes beiges Leinenkleid und braune Sandalen entschieden, farblich passten wir perfekt zueinander, wir harmonierten in dezenten Naturtönen.

Bevor ich dir die Hand reichen konnte, deutetest du lächelnd die dir eigene Verbeugung an. Ich tat es dir gleich.

»Guten Abend«, sagtest du. »So schnell sehen wir uns wieder.«

Wir gingen eine breite Treppe hinauf, die zur Dachterrasse führte. Du hattest einen Tisch mit Meerblick reserviert, direkt an der Brüstung.

Ich sah einen Moment über den feinen Sandstrand zur Ostsee und zur Binzer Seebrücke rechts von uns.

»Dreihundertsiebzig Meter«, sagtest du.

Ich wusste, wie lang sie war. Im März war ich mit Thomas dort gewesen. Allerdings am Tag, und bei Regen.

Wir setzten uns. Die Speisekarten lagen schon auf dem Tisch. »Schauen wir mal, ob es etwas Neues gibt.«

Dein Blick glitt aufmerksam über die Seiten. Meiner wanderte immer wieder nach oben, um dich zu betrachten. Dass ich dich gefunden hatte, dass du mich zum Essen eingeladen hattest und dass du da warst, kam mir unwirklich vor. Meine Träume schienen mir realer als das echte Leben.

Unvermittelt blicktest du auf. Du hattest bemerkt, dass ich dich beobachtete, sahst mich mit leicht nach oben gezogenen Brauen an. Deine Lippen umspielte das Lächeln, mit dem du mich auch später oft bedachtest, wenn wir uns trafen.

»In meinem ersten Traum habe ich dich nicht gesehen«, sagte ich. »Ich war auf meine Arbeit konzentriert, in den Text vertieft, und trotzdem habe ich gewusst, dass du es bist, als die Tür aufging. Dass es deine Schritte sind, deine Hand auf meiner Schulter. Dann wachte ich auf. Nachdem ich Rügen damals verlassen hatte, habe ich nicht mehr an dich gedacht. Wochen später träume ich plötzlich von dir. Jetzt sitzt du mir gegenüber. Wenn ich dich immer wieder anschaue, liegt es daran, dass ich mich vergewissere, ob du echt bist.«

Du ließt die Speisekarte sinken und neigtest den Kopf leicht zur Seite, wie immer, wenn du nachdachtest.

»Welches Buch hast du im Traum übersetzt?«

Deine Frage überraschte mich. Ich überlegte einen Moment. »Daran erinnere ich mich nicht. Im echten Leben war es Balzac.«

»Die Vorliebe für französische Werke des neunzehnten Jahrhunderts.«

»Ja.«

Der Kellner kam und erkundigte sich nach unseren Getränkewünschen. Du bestelltest eine Flasche Wasser, und wir beschlossen, den Wein mit dem Essen zu bestellen. Ich fragte dich, ob du mir etwas empfehlen könntest, und du hast die hausgemachten Bandnudeln mit Rinderfiletstreifen vorgeschlagen. Aber dann fiel dir ein, dass ich in Lauterbach schon Tagliatelle gegessen hatte.

»Und davor war ich in der kleinen Nudelmanufaktur und habe mir dort einen Vorrat für die nächsten Wochen zugelegt. Pasta geht immer. Ich nehme sie.«

»Dazu eine Vorspeise?«

»Vielleicht ein Dessert danach.«

»Zum Essen einen Rosé?« Du dachtest einen Moment nach. »Oder einen Pinot grigio, den hattest du bei uns bestellt. Die Weinkarte hier ist ordentlich. Oder lieber einen Roten?«

»Gern einen Rotwein.«

»Der Amarone ist recht gut. Sofern sie nicht wieder vergessen haben, ihn etwas runterzukühlen, damit der Alkohol nicht so warm dominiert. Wir können aber auch einen leichteren nehmen. Bevorzugst du etwas Bestimmtes?«

»Shiraz, aber ich nehme gern den Amarone.« Traum und Realität begannen miteinander zu verschmelzen.

Wir sprachen über Wein und dann über Essen. Du fragtest mich nach meinem Lieblingsgericht, und ich erzählte dir von den *Moules frites* und dem Geschmack nach Kindheit, den ich damit verband. Dass mein Vater sie in Frankreich immer am zweiten Tag unseres Urlaubs zubereitete, wir den ersten mit Auspacken verbrachten und am Abend in dem kleinen Bistro eine *Bouillabaisse* aßen, in die wir lauwarmes Baguette tunkten. Dass wir am darauffolgenden über den Markt schlenderten, um einzukaufen, am Abend die in Gemüsesud und mit einem Schuss Weißwein gekochten Muscheln zusammen mit einer großen Schüssel salziger Pommes frites auf dem Tisch standen. Ich erzählte dir, dass ich, wenn ich selbst kochte, es gern einfach mochte, mich Kartoffelpüree mit gerösteten Cashews und etwas gebräunter Butter glücklich machte und ich mir hin und wieder Buchstabennudeln zubereitete, auch die mit etwas Butter, aber nicht gebräunt. Dazu einen ordentlichen Klecks Ketchup, allerdings nur von einer ganz bestimmten Marke. Zum Nachtisch Vanillepudding, frisch gekocht und noch lauwarm. Niemals würde ich auf die Idee kommen, ihn gekühlt zu verspeisen. Und schon gar nicht, wenn irgendjemand auf die irrwitzige Idee gekommen war, steif geschlagenes Eiweiß darunterzuziehen.

Du verzogst das Gesicht und schütteltest dich bei dem Gedanken. Ich sah Tessa vor mir. Wie wir als Kinder nebeneinander auf der breiten Fensterbank im Haus ihrer Eltern gesessen hatten, beide eine große Henkeltasse in der Hand, aus der wir die buttrigen Nudeln löffelten und aus einer zweiten den Pudding. Für die Seele und den Bauch, wie Tessa immer gesagt hat.

Du erzähltest von deiner Liebe zu Italien, die dich zu deinem Lieblingsgericht geführt hatte, einem Risotto mit grünem Spargel und Flusskrebsen, das du dir irgendwann einmal zusammengekocht hattest, in Kupfertöpfen, die du dir zugelegt hattest, obwohl du dir nie welche kaufen wolltest.

»Ansonsten stehe ich nicht häufig in der Küche, es gibt

bessere Köche als mich, wie zum Beispiel Armand, mein Küchenchef. Ich weiß dafür ganz genau, was auf der Karte stehen und später auf dem Teller angerichtet werden sollte.«

Es ging dir nicht um den Geschmack, nicht in erster Linie, es ging dir um den ästhetischen Reiz.

Das Essen kam, und ich fand es gut, die Pasta bissfest, das Fleisch zart, die grünen Spargelspitzen knackig. Und dennoch vertiefte sich Löffel für Löffel die Falte auf deiner Stirn. Du wirktest skeptisch.

»Was stört dich?«, fragte ich.

»Ich verstehe nicht, warum sie das Gericht in Schüsseln servieren, nur weil Bowls gerade im Trend sind. Ein tiefer Teller wäre praktischer.« Du schwenktest das Glas in deiner Hand. »Dafür ist die Temperatur genau richtig. Wie schmeckt er dir?«

»Etwas bitter, wie der Name ja schon sagt …« Ich nippte daran. »Aber auch lieblich. Intensiv. Sehr gut.«

Die Flasche Shiraz im Schnee fiel mir ein, während du von der besonderen Herstellung des Amarone aus zwei bis vier Monaten getrockneten Trauben sprachst, über Restsüße und Aromastilistik. Du erzähltest mir von deiner letzten Reise nach Italien, die leider schon drei Jahre her sei, und dass du deinen Vorsatz, wenigstens einmal im Jahr das Meer zu sehen, bedauerlicherweise nicht umgesetzt habest. Dein Blick ging in die Ferne übers Meer. »Die graue Ostsee zählt nicht, obwohl es auf Rügen durchaus nette Plätze gibt, die es sich anzuschauen lohnt.«

»In Lohme leuchtet das Wasser türkis, wenn die Kreidefelsen sich darin spiegeln«, versuchte ich dir das kleine

Paradies, das ich für mich gefunden hatte, schmackhaft zu machen.

»Kein Vergleich zum Mittelmeer. Wann warst du das letzte Mal in Frankreich?«, fragtest du.

»Im Sommer vor einem Jahr.« Mein Vater war im März verstorben, und im August darauf sind wir noch einmal nach Cavalaire-sur-Mer gefahren, Tessa und ich. So wie früher, doch diesmal im Kofferraum Lotte, das Gepäck auf der Rückbank. Eintausendsechshundert Kilometer Glück, Tessa und ich im Auto, heiser vom Lachen und Erzählen.

»Und jetzt Rügen«, sagtest du. »Bei Marlene.«

»Ja.« Wegen dir.

»Wie geht es ihr?« Deine Stimme klang mitfühlend. »Ich habe leider erst von Alexanders Tod gehört, nachdem ich das Restaurant übernommen habe.«

»Sie hat ihn geliebt. Er fehlt ihr.«

»Verständlich.«

»Ich habe ihr deine Grüße ausgerichtet.« Ihre Reaktion behielt ich für mich.

»War mein Vater bei der Beerdigung?«, fragtest du und winktest im nächsten Moment ab. »Woher solltest du das wissen. Außerdem ist es nicht wichtig.«

»Es war eine Seebestattung«, erwiderte ich. »Und er war nicht anwesend.«

»Das passt. Beides«, sagtest du. »Und jetzt vermietet Marlene?«

»An mich. Sie hatte vor, damit aufzuhören, hat mir aber angeboten, den Aufenthalt zu verlängern. Wahrscheinlich bleibe ich bis Ende November. Vielleicht auch länger. Ich mag das Haus. Und Marlene.«

»Und sie mag dich.« Du betrachtetest mich und nicktest schließlich. »Schön, dass ihr euch gefunden habt.«

»Wie schön, dass ich dich ebenfalls gefunden habe.«

Du gingst nicht auf meine Erwiderung ein, sahst zu einer Gruppe junger Menschen, die es sich am Strand bequem gemacht hatten. Leise Gitarrenklänge, Gesang drang bis nach oben zur Terrasse.

»›Bridge Over Troubled Water‹«, sagtest du, und wir stellten fest, dass wir nicht weit auseinanderlagen, was unseren Musikgeschmack betraf. »Melancholisch vergnügte Wiederbegegnungen.«

»Das stimmt.« Ich sah dir direkt in die Augen, wollte das Gespräch in eine andere Richtung lenken, zu mir. »Ich bin nach Rügen gekommen, weil ich rausfinden wollte, wer du bist und warum du dich Nacht für Nacht in meine Träume geschlichen hast.«

»Anton«, erwidertest du, »gebürtig in Graz, Perfektionist.«

Ich musste lachen. »Das habe ich auch schon mitbekommen.«

»Was magst du sonst noch wissen?«

»Bist du verheiratet, hast du Kinder?«

Du schütteltest den Kopf.

»Geschieden?«

»Nein. Beziehungen lassen sich nicht mit meinem Freiheitsdrang vereinen, nicht mit meiner Unabhängigkeit, beides ist mir sehr wichtig. Dazu würde noch nicht einmal ein Hund passen, auch wenn ich Hunde generell mag, im Gegensatz zu Katzen. Aber allein der Gedanke, regelmäßig rauszumüssen, wäre mir ein Graus. Ich möchte keine Verantwortung übernehmen, für niemanden. Ich habe mich schlicht noch nie gebunden.« Du schmunzeltest: »Herrlich, wie man in deinem Gesicht lesen kann.«

»Was steht dort?«

»Deine Alarmglocken läuten.«

»Ach, das tun sie doch schon die ganze Zeit, und zwar alle auf einmal.« Ein Seufzer entfuhr mir. »Ich frage mich nur ernsthaft, warum ich dich in meinen Träumen anders gesehen habe.«

Dein warmes Lachen passte nicht zu dem Mann, den du gerade in wenigen Worten beschrieben hattest. Ein reizvoller Widerspruch. Wie der bittersüße Amarone.

»Normalerweise interessiere ich mich nicht für Menschen. Aber deine Offenheit ist erfrischend. Ich kann verstehen, dass Marlene an dich vermietet, ich würde das auch tun.«

»Und schon läuten die Alarmglocken wieder.« Ich sah dich kopfschüttelnd an. »Rational betrachtet, müsste ich jetzt Reißaus nehmen.«

Der Kellner unterbrach unser Gespräch, er räumte ab, fragte nach weiteren Wünschen. Ich wünschte mir ein Schoko-Himbeertörtchen, dazu einen Cappuccino – und dass ich dich noch oft lachen hören würde. Du gabst dich mit einem Espresso zufrieden.

26.

Beim Dessert fragtest du mich, welche Rolle du in meinen Träumen gespielt habest, ob ich es klar benennen könne.

»Du hast mir Halt gegeben in einer schwierigen Zeit«, antwortete ich spontan.

»Eine Schulter zum Anlehnen.«

»Ja. Aber warum habe ich mir dich ausgesucht?« Unsere erste Begegnung fiel mir wieder ein. »Es war der Klang deiner Stimme.«

»Träumst du immer noch von mir, jetzt, seitdem du mich gefunden hast? Du hast in der Vergangenheitsform darüber gesprochen.«

Du hattest aufmerksam zugehört. Ich fasste kurz für dich zusammen, wie es angefangen und aufgehört hatte und auf Rügen noch mal kurz aufgeflammt war. Doch seitdem ich dich im echten Leben kannte, träumte ich nicht mehr von dir. »Was ich sehr bedaure«, fügte ich hinzu. »Mir fehlen unsere nächtlichen Treffen, die Gespräche, die wir nie geführt haben, die Spaziergänge, die wir nie unternommen haben, die Zeit, die wir nie miteinander verbracht haben.«

»Erzähl mir davon.«

»Und ich dachte, du würdest nie fragen.«

»Aber nicht hier, nicht im Restaurant.« Du sahst auf deine Armbanduhr, heute zum ersten Mal. »Es ist halb neun. Die Woche war anstrengend. Ich bin ehrlich gesagt froh, wenn ich mal früher ins Bett komme. Aber eine Stunde schaffe ich noch. Was hältst du von einem Spaziergang?« Du blicktest zum Meer. »Wenn ich romantisch veranlagt wäre, würde ich sagen ›bei Sonnenuntergang‹.«

»Bist du es?«

Du dachtest nach. »Ich kann es durchaus sein.«

Wir gingen auf die Seebrücke, du links von mir.

Nach ein paar Metern blieben wir stehen und drehten uns um.

Du zeigtest auf das Kurhaus. »Die Grande Dame der Bäderarchitektur. Dort wurden in den Zwanzigern rauschende Feste und Ballnächte gefeiert. Adel und Prominenz residierten hier. 1938 wurde es aufgrund der jüdischen Herkunft der Besitzer an Zwangstreuhänder verkauft. Der Geschäftsführer Adalbert Kaba-Klein hat den Holocaust überlebt. Nach dem Krieg wurde es ihm wieder zugesprochen, nur um es ihm 1953 im Rahmen der Aktion Rose erneut wegzunehmen. Er wurde enteignet. Jetzt gehört es zu einem auf Ferienhotellerie spezialisierten Unternehmen, das auf Expansion setzt.«

»Ich weiß. Er hat es zweimal verloren«, sagte ich. Die untergehende orangerote Sonne ließ den Himmel brennen, tauchte die Grande Dame in goldenes Licht. »Ein Haus mit Geschichte, einer dramatischen.«

»Ein Stolperstein vor dem Kurhaus erinnert an ihn«,

sagtest du. »Drei weitere für die Teilhaber, von denen zwei den Holocaust nicht überlebt haben.«

Traurigkeit legte sich um mein Herz, wie schon damals, als ich mit Thomas hier gewesen war. Schweigend gingen wir weiter.

»Es tut mir leid«, sagtest du. »Ich wollte mit meinem Exkurs in die Vergangenheit nicht die Stimmung verderben.«

»Das hast du nicht. Die schönsten Akkorde werden oftmals in Moll gespielt«, entgegnete ich.

»Da bin ich ganz bei dir.«

Das warst du. Ich fühlte mich dir nah in diesem Moment. Wie im Traum.

Du wechseltest auf meine rechte Seite. »So fühlt es sich richtig an.«

Eine Frau in Jeans und weißem Shirt kam uns entgegen. Sie erinnerte mich an deine Bekannte. Ich erkundigte mich, wie Katarina sich in der Küche schlug und wie es Armand ging. Er sei ab der nächsten Woche wieder einsatzbereit, sagtest du. Und wie nicht anders zu erwarten, habe Katarina alles im Griff. »Ich kann mich auf sie verlassen, in jeder Beziehung. Ohne sie hätte ich nicht die Zeit gefunden, den Abend mit dir zu verbringen.«

Dein Blick war weicher geworden und auch der Klang deiner Stimme.

»Sie bedeutet dir viel«, sagte ich.

Du erzähltest, ich hörte zu. Wie du sie vor zwanzig Jahren auf Rügen kennengelernt hattest und mit der Zeit eine tiefe Freundschaft entstanden ist. Von ähnlichen Interessen und Sichtweisen, von gemeinsamen Höhen und Tiefen, Verlässlichkeit. Vertrauen, das du in anderen

Beziehungen nicht finden konntest, die alle mehr oder weniger oberflächlich blieben. »Eine gute Freundin, die einzige.«

In der Sache waren wir uns ähnlich. Ich hatte Tessa gehabt. Sie war genug gewesen.

Wir waren am Ende der Brücke angekommen, lehnten uns an die Holzbrüstung.

»Über der Granitz geht die Sonne auf«, sagtest du. »Ein schönes Schauspiel. Es lohnt sich, es sich mal anzuschauen. Allerdings müsstest du dann früh raus.«

»Etwa gegen Viertel nach sechs. Wie jeden Morgen. Dann gehe ich mit Marlene schwimmen, lasse mich auf dem Wasser treiben und betrachte die aufgehende Sonne über dem Buchenwald.« Ich lächelte. »Sehr romantisch.«

»Eine schöne Vorstellung, Marlene und du im Wasser.« Du schütteltest dich. »Mir wäre es zu kalt.«

»Mir auch. Gänsehaut ist mein ständiger Begleiter. Marlene geht bei jedem Wetter, auch im Winter. Sie sagt, ich gewöhne mich daran.«

Du sahst mich an. »Erzähl mir von dir.«

»Sophie, gebürtig in Lüneburg, Träumerin. Was möchtest du noch wissen?«

»Bist du verheiratet, Kinder?«

Ich schüttelte den Kopf.

»Geschieden?«

»Getrennt lebend, keine Kinder. Eine Hündin namens Lotte, der du schon begegnet bist. Mit dem regelmäßigen Gassigehen verhält es sich wie mit dem kalten Wasser. Man gewöhnt sich daran. Und irgendwann stellt man fest, dass es guttut. Ich kann, weil ich muss. Lotte gehört erst seit einem guten halben Jahr zu mir, davor war sie Tessas

Begleiterin. Die Freundin, auf die ich in jeder Beziehung bauen konnte.« Es fiel mir erstaunlich leicht, den nächsten Satz auszusprechen. »Sie ist im Februar gestorben.« Bisher hatte ich für Tessas Tod Umschreibungen benutzt, wenn ich darüber gesprochen hatte. Sie war von uns gegangen, nicht mehr bei uns, hatte uns verlassen.

»Du trauerst«, stelltest du fest. In deinen Augen lagen Wärme und Aufmerksamkeit.

»Tessa hat mir eine Aufgabe hinterlassen. Lotte.« Ich lächelte. »Über deren Hundeleine du gestolpert bist.«

»Dann hatte der Kaffee auf meinem Hemd doch etwas Gutes.«

Wie recht du hattest. Ella fiel mir ein und was sie mir über ihre Begegnung mit dir erzählt hatte. Ich wiederholte ihre Worte. *»Kein kleines Malheur, ein großes.«*

»Das kann man wohl sagen. Ich war an dem Tag geschäftlich …« Du brachst mitten im Satz ab, sahst mich erstaunt an. »Ja, genau! Eine Frau kam aus dem Werkladen gegenüber. Sie sprach mich auf den Fleck an …«

»Ella Vogel, die Künstlerin, von der ich das Kreidefelsenbild gekauft habe.

»Ach was. So ein Zufall.«

War es das?

»Sie hat ihre Galerie am Circus in Putbus, also nicht weit von Lauterbach entfernt. Ich hatte sie in einem meiner Träume gesehen, habe sie gefunden und bin zu ihr gefahren, in der Hoffnung, sie würde dich kennen. Aber dem war nicht so. Sie hatte nur kurz mit dir gesprochen. Über besagten Fleck. Ich hatte Hunger. Beim Spazierengehen danach habe ich dein Restaurant entdeckt. Und dich.«

»Gut, dass es dir geschmeckt hat.«

Ich mochte deinen verhaltenen Humor. Wir spielten die Tonleiter wieder in Dur.

»Die Stunde ist rum. Was macht deine Müdigkeit? Möchtest du fahren oder soll ich noch ein wenig mehr über meine nächtlichen Unternehmungen mit dir erzählen? Im zweiten Traum waren wir zu einem gemeinsamen Spieleabend bei deiner Freundin Katarina eingeladen.«

»Der im echten Leben niemals stattfinden würde«, entgegnetest du. »Gesellschaftsspiele waren Katarina schon immer ein Graus. Und mir auch.«

»Du hast eine Seekuh pantomimisch dargestellt. Sehr ungelenk, wie ich finde.«

Die Vorstellung amüsierte dich. Ich mochte es, in deinem Gesicht zu lesen, prägte mir die Veränderungen deines Ausdrucks ein. Das Erstaunen, das fließend in Belustigung überging. Die Freude, die Wärme in deinen Augen, das Interesse. Nur deine Körperhaltung passte nicht dazu, die vor der Brust verschränkten Arme, der Abstand auf Armeslänge, den du stets wahrtest. Das alles stand im Widerspruch zu der Nähe, die uns in meinen Träumen miteinander verband.

Was erwartete ich? Du hattest mich gerade erst kennengelernt, während ich in den letzten Wochen ein Leben mit dir gelebt hatte.

27.

Ich ließ unsere zweite gemeinsame Nacht in mir lebendig werden. Erzählte dir, wie du im Traum zu mir ins Arbeitszimmer gekommen warst, mich gefragt hattest, wie ich vorankam, und mich an unsere Verabredung mit Freunden erinnert hattest. Wie wir durch den Schnee gegangen und ausgerutscht waren, der Shiraz durch die Luft gesegelt und wie sehr du dich gefreut hattest, dass er unversehrt geblieben war. Ich berichtete dir von meinem entsetzten Gesicht, als ich die Spiele entdeckt hatte, von deinem Lachen und der kleinen Rache, weil du später die Seekuh nachahmen musstest. Auch von der Schneeballschlacht erzählte ich und den vielen Engeln, die wir im glitzernden Weiß hinterlassen hatten. Dass ich danach heiß geduscht hatte, nur in ein Handtuch gewickelt auf deinen Beinen gesessen und du mir über meinen Rücken gestrichen hattest, bis zur Wölbung meiner Hüften, behielt ich für mich. In meinen Träumen hattest du mich danach nicht wieder berührt, nicht auf diese Weise. Nur in meiner Vorstellung, wenn ich wach war, waren wir uns in den letzten Tagen auch körperlich nähergekommen.

»Schön. Intensiv.« Du betrachtetest mich nachdenklich. »Hast du schon mal daran gedacht, darüber zu schreiben? Du hast wirklich eine gute Beobachtungsgabe. Und Fantasie.«

»Ich habe die Träume festgehalten, auf Papier. Nacht für Nacht«, antwortete ich.

»Wie viele sind es?«

Das wusste ich nicht. Ich erzählte dir, dass ich manchmal zwei bis drei Seiten geschrieben hatte. Dann wieder nur ein paar Zeilen, wenn es nur Momente, kurze Begebenheiten gewesen waren. »Ein kleiner Stapel«, sagte ich. »Notizen.«

Du fragtest nicht, ob du sie lesen dürftest. Stattdessen schlugst du vor, uns regelmäßig zu treffen. Einmal die Woche könntest du dir wahrscheinlich Zeit nehmen, vielleicht hätten wir dann bis Ende November herausgefunden, was das alles zu bedeuten habe.

Ich konnte ein Lächeln nicht unterdrücken.

»Deine Gefühle stehen dir wieder ins Gesicht geschrieben«, sagtest du.

»Und dir deine Gedanken.«

»Was steht dort?«

»Du fragst dich, worauf du dich da einlässt.« Auf mich, wie ich hoffte.

»Ein Wagnis, das ich gerne annehme«, erwidertest du. »Es wird nicht leicht sein, Zeit dafür zu finden. Aber ich werde mein Bestes geben.« Dein Blick ging zur Uhr.

Der Abend war schon spät. Hellweiße Lampen beleuchteten die Seebrücke. Diesmal wählte ich die richtige Seite, ging links von dir. So nah, dass unsere Hände sich beinahe berührten.

Du brachtest mich bis zu meinem Wagen.

Ich entriegelte die Tür, blieb unschlüssig stehen und fragte dich, wann wir uns wiedersehen.

»Das kläre ich beizeiten.« Du öffnetest die Tür und sahst mich auffordernd an. Plötzlich schienst du es eilig zu haben.

Ich stieg ein, schnallte mich an, du bedachtest mich mit einer leichten Verbeugung, sagtest, du würdest dich spätestens übermorgen melden, tendenziell aber den gleichen Tag zur gleichen Uhrzeit ins Auge fassen. In der nächsten Woche. Ein letztes Mal lächeltest du mich an.

»Schön«, sagte ich, und dass ich mich darauf freute.

Du nicktest und machtest dich auf den Weg zu deinem Wagen.

Ich sah dir nach. Du gingst in ruhigen langen Schritten, mit leicht gesenktem Kopf, das Telefon in der rechten Hand am Ohr. Ein Bild, das ich so schon von Sassnitz kannte. Du.

Vierzig Minuten später kam ich in Lohme an.

In Marlenes Haushälfte brannte noch Licht. Das bedeutete, dass Lotte noch bei ihr war. Wir hatten vereinbart, dass Marlene sie zu mir bringen würde, bevor sie schlafen ging, falls ich bis dahin noch nicht zurück sein sollte.

Wir tranken ein Glas Wein, ich erzählte von dir, worüber wir uns unterhalten hatten, von unserem Spaziergang auf die Seebrücke und dass wir uns wiedertreffen würden.

»Siehst du«, sagte Marlene. »Du bist sie, die Frau aus deinen Träumen.«

»Es fühlt sich ganz so an.« Ich gähnte. Von einer Sekunde auf die andere überfiel mich bleierne Müdigkeit.

»Mit unserem Schatz war ich eben noch eine große Runde unterwegs.«

Lotte wedelte mit dem Schwanz. Sie hatte an Marlenes weichem Tonfall gehört, dass über sie gesprochen wurde. Mich hatte sie ignoriert und war, als ich das Haus betreten hatte, bei Marlene liegen geblieben, die es sich mit einem Buch auf dem Sofa gemütlich gemacht hatte.

»Kommst du mit, Lotte?«, fragte ich.

Sie hob kurz den Kopf und ließ ihn seufzend wieder sinken.

Marlene schmunzelte. »Sie ist eine Feinschmeckerin. Ich habe sie heute mit getrockneten Kaninchenstreifen verwöhnt. Nimm am besten den Rest mit. Die Leckereien liegen auf der Arbeitsplatte.«

»Ach, so ist das.« Ich stand auf und ging zur Küchenzeile.

Meine treulose Hündin folgte mir, als sie mich mit der Tüte rascheln hörte.

»Jetzt muss ich dich also schon bestechen«, schimpfte ich.

Marlene begleitete uns bis zur Tür, ein Funkeln in den Augen. Lotte tat auch ihr gut.

»Gute Nacht, ihr beiden.«

Um Viertel nach elf lag ich mit schweren Lidern im Bett und schlief sofort ein.

28.

Am Morgen genoss ich im Halbschlaf die Phase zwischen Wachwerden und Aufstehen, wenn der Körper warm und schwer ist, die Gedanken noch träge. Und plötzlich das Bild von dir. Wie deine Stirn sich in Falten legt, weil dir die Schüsseln nicht gefallen. Und wie du dich schüttelst, als ich dir von meinen kulinarischen Vorlieben erzähle, Buchstabennudeln in Tassen.

Marlene hatte recht. Ich war die Frau aus meinen Träumen. Und auch die im echten Leben. Ich fühlte die gleiche Trauer, den gleichen Schmerz, die gleiche Freude. Wir waren eins. Am Tag und in der Nacht. Ich war ich.

Wer warst du?

Ich drehte mich auf den Rücken, verschränkte die Arme hinter dem Kopf und ließ den Abend Revue passieren. Dann sprang ich mit einem Ruck aus dem Bett. Noch eine halbe Stunde bis Sonnenaufgang. Ich ging nach unten, setzte Wasser auf, befüllte den Filter. Ein paar Minuten später saß ich am Tisch, vor mir die Tasse Kaffee und das leere Blatt Papier.

Anton, schrieb ich.

Graz, Perfektionist. Ästhet. Risotto mit Flusskrebsen und grünem Spargel. Italien. Jazz. Klassik. Kris Kristofferson, Johnny Cash. Keine Katzen. Keine Gesellschaftsspiele. Keine Verantwortung. Keine Bindung. Unabhängigkeit. Katarina.

Das Klügste wäre, dich zu vergessen. Dein Lebenskonzept war Unabhängigkeit. Ich war gerade dabei, meines zu finden. Ich hatte keine Vorstellung davon, was du über mich dachtest und wie das mit uns weitergehen könnte. Mich nicht auf dich einzulassen, schien mir jedoch keine Option zu sein. Ich nahm mir vor, alles auf mich zukommen zu lassen. Die Dinge zu nehmen, wie sie waren. Ich wollte jedes Treffen, jede Minute mit dir genießen, wohl wissend, wie schnell sich Glück verflüchtigen konnte.

Lotte wedelte mit dem Schwanz. Marlene stand auf meiner Terrasse. Die Sonne ging auf. Ich legte dich zu meinen Träumen in die Geschenkschachtel.

Das Meer war ruhig an diesem Tag. Wie ich. Etwas hatte sich verändert. Die aufwühlende Sehnsucht nach dir war einer leisen Freude gewichen.

Wir schwammen, dann trockneten wir uns ab.

»Was hast du heute vor?«, fragte Marlene.

»Den Tag genießen«, antwortete ich. »Lesen. Spazieren gehen. Kuchen essen, Eis.«

»Das trifft sich gut. Du könntest mit mir durch den Baumarkt spazieren, den Einkaufswagen mit Holzpellets füllen. Einen Vorrat anlegen, damit wir es angenehm warm haben im Winter.«

»Das machen wir. Aber lass uns konkret werden«, schlug ich vor. »Ich bleibe gern hier, aber wir sollten über den Zeitraum sprechen, die Konditionen ...«

»Du hast recht. Zehn Uhr, bei mir. Reden und danach einkaufen.«

Marlene ging in ihre Haushälfte, ich in meine.

Auf dem Tisch lag mein Telefon. Es zeigte drei eingegangene Nachrichten an. In mir keimte die Hoffnung auf, du könntest sie mir geschickt haben. Mit ein paar Worten darüber, wie dir der Abend gefallen hatte, dass du dich auf unser nächstes Treffen freutest, und ob es bei der ins Auge gefassten Zeit bliebe.

Aber es war Thomas, der mir geschrieben hatte.

Die Wohnung sei verdammt leer ohne mich. Und er sei ein Idiot. Ich würde ihm fehlen. Sehr.

Mein Noch-Mann hatte schon immer die Angewohnheit gehabt, Mitteilungen in Häppchen aufzuteilen, anstatt sie gebündelt in einer Nachricht zu verschicken.

Kurz nach sieben. Viel Zeit blieb nicht, bevor er sich auf den Weg zur Schule machte. Seine erste Woche nach den Ferien. Ich rief ihn an, er nahm das Gespräch sofort entgegen.

»Hej, guten Morgen«, sagte er schleppend.

Nur drei Worte, und ich wusste, wie es ihm ging.

Ich kam sofort zur Sache, erzählte ihm, dass ich vorhatte, ein paar Monate auf Rügen zu bleiben, um dort den Baudelaire zu übersetzen, und fragte ihn, ob er meine Wohnung in der Zeit mieten wolle. »Ich weiß, du musst jetzt gleich los, ich wollte nur kurz deine Meinung dazu hören. Über Details können wir dann später sprechen.«

»Mir geht es nicht gut. Ich gehe heute nicht arbeiten«, entgegnete er mit Leidensstimme.

Ich setzte mich. »Bist du krank?«

Schweigen. Und dann: »Liebeskummer. Ich vermisse dich.«

Deswegen die Nachrichten. »Du vermisst nicht mich. Du vermisst Nicole. Oder irgendjemanden«, erwiderte ich. »Weil du nicht allein sein kannst.« In dem Moment, in dem ich den Satz ausgesprochen hatte, wurde mir klar, dass sich Thomas' Beziehungsstatus genau deswegen bald wieder ändern, dass er Besuch von einer Neuen bekommen würde, die schon irgendwo auf ihn wartete. Und dass es keine gute Idee gewesen war, ihm meine Wohnung anzubieten. Meine persönlichen Dinge befanden sich darin, die Erinnerungsstücke an Tessa, meinen Vater. Die Bücher …

Er ging nicht auf meinen Einwand ein. Stattdessen fragte er, wie lange ich planen würde, auf Rügen zu sein. Seine Stimme hatte sich gefestigt.

Ich sei mir nicht sicher, antwortete ich ausweichend, und er schlug vor, über alles noch einmal in Ruhe zu reden, auch über das Scheitern unserer Ehe, das wir beide einfach so hingenommen hatten. Jedoch nicht am Telefon. Sicher würde ich noch einmal nach Hamburg kommen, um ein paar Sachen zu holen.

Warme Kleidung, den Baudelaire. Daran hatte ich bisher noch nicht gedacht.

»Ich melde mich«, sagte ich. Und konnte mir ein »Gute Besserung« nicht verkneifen.

Mit Marlene hatte ich mich schnell geeinigt. Auf ein halbes Jahr, für die Hälfte des üblichen Preises. Mit der Option auf eine unbefristete Verlängerung, wenn ich mich dafür entschied zu bleiben.

Die Aussicht auf ein Leben am Meer. Für immer. Ich musste nur Ja sagen.

Für meine Hamburger Wohnung würde ich das Doppelte bekommen, wenn ich sie vermietete. Aber darauf wollte ich vorerst verzichten. Mein Vater hatte mir etwas Geld hinterlassen, finanziell musste ich mir keine Gedanken machen. So konnte ich mir die Option offenhalten, jederzeit nach Hamburg zurückzukehren, wenn es nötig wäre. Netz und doppelter Boden. Beides würde ich nicht brauchen, wie ich hoffte.

Ich dachte daran, wie gut es mir ging, und freute mich vorsichtig auf die Zeit, die vor mir lag.

29.

»Die Winter auf Rügen können eisig sein.« Marlene stapelte einen weiteren Sack Holzpellets auf die vier, die sich schon in unserem Wagen befanden. »Wir brauchen im Durchschnitt etwa einen pro Woche je Kamin.«

Ich ging von fünf Monaten aus. »Das ist reichlich«, stellte ich fest.

»Es ist noch jede Menge Brennholz im Schuppen. Es muss nur gehackt werden. Da kommt Arbeit auf uns zu.« Sie schmunzelte, als sie mein skeptisches Gesicht bemerkte. »Zur Not kannst du auch einfach die Heizung aufdrehen. Sie frisst allerdings enorm viel Strom.«

Die Vorstellung, mich körperlich betätigen zu müssen, um es warm zu haben, gefiel mir. Marlene und ich mit Äxten im Garten. Ein nostalgisch schöner Gedanke, voller Sinnhaftigkeit. »Wir hacken Holz!«

»Gut.« Marlene griff nach dem nächsten Sack. »Aber ein wenig Luxus muss sein. Jetzt ist die richtige Zeit, um sich für den Winter einzudecken. »In ein, zwei Wochen fällt den Leuten auf, dass der Herbst vor der Tür steht. Das Wetter ändert sich, es wird stürmisch auf der Insel.

Wenn du noch was von der Sonne haben willst, solltest du sie die nächsten Tage genießen.«

Wir kauften zwanzig Säcke. Das Gewicht drückte meinen Wagen nach unten. »Meinst du, dreihundert Kilo sind zu viel?«, fragte ich.

»Dreihundertvierundfünfzig«, antwortete Marlene. »Du musst mein Gewicht hinzurechnen, deins gehört zum Gesamtgewicht des Wagens. Und ja, das dürfte passen. Apropos, wie sieht es aus mit Kuchen? Halten wir beim Bäcker an? Belohnung muss sein. Und es wäre gut, wenn wir auch noch kurz zum Supermarkt fahren, ich müsste ein paar Kleinigkeiten einkaufen. Dort könnten wir eine Thüringer am Bratwurststand essen, es ist die beste weit und breit.«

Ich hatte zum Alltag zurückgefunden. Er gefiel mir.

Am Mittag hatten wir alle Pellets verstaut, im Schuppen neben dem Holz, das im Winter in unseren Kaminen knistern würde. Marlene erzählte mir, dass Alexander sich all die Jahre um das behagliche Feuer gekümmert hatte, sie nach seinem Tod das erste Mal selbst Hand an die Axt legen musste, und wie glücklich sie gewesen war, als sie endlich den Bogen rausgehabt hatte. »Nicht nur beim Holzhacken. Auch mit anderen Dingen bin ich anfangs schier handlungsunfähig gewesen. Als die Pumpe sich mal wieder weigerte, Wasser aus dem Brunnen zu ziehen, oder als eines Abends alle Sicherungen rausknallten und es stockduster war.«

»Dann weiß ich ja, wen ich fragen kann, wenn es wieder mal passiert«, sagte ich.

»Das wird nicht nötig sein.« Sie lächelte schelmisch. »Das war mir alles zu unsicher. Die Pumpe ist neu, die

Elektrik und das Dach habe ich auf Vordermann bringen lassen.« Sie zeigte auf den Ginsterbusch neben dem Schuppen. »Was hältst du davon, wenn wir uns eine Fass-Sauna zulegen? Wir könnten sie dort hinstellen und uns nach dem Baden im Winter darin aufwärmen. Du gehst doch in die Sauna? Schwitzt du gern?«

»Sehr.«

»Gut, dann machen wir das.« Sie klang fröhlich.

Mir wurde bewusst, dass ich Verantwortung übernahm, wenn ich hierblieb. Ich dachte an dich und daran, dass du keine übernehmen wolltest. Marlene war ein Wagnis, das ich gern einging.

Mein Telefon klingelte, als ich wieder im Haus war. Thomas, dachte ich. Oder du.

Es war Ella. Ihre Nummer hatte ich nach meinem Besuch bei ihr abgespeichert.

Sie fiel sofort mit der Tür ins Haus. »Du kannst dir nicht vorstellen, wer gerade hier war, Sophie«, verkündete sie fröhlich. »Der Mann, dem du den Kaffee über das Hemd geschüttet hast.«

»Anton«, sagte ich.

»Bist du noch auf der Suche nach ihm? Er hat ein Restaurant ganz hier in der Nähe. Aber woher weißt du …« Sie stutzte. »Du hast ihn gefunden?«

»Zufällig. Ich hatte Hunger und bin essen gegangen, nachdem ich bei dir gewesen bin. In seinem Restaurant.«

»Ach, das freut mich.« Wieder eine kurze Pause. »Ich denke allerdings, dass nichts im Leben aus Zufall geschieht. Es gibt immer einen Grund.«

In ihrer Stimme klang etwas Positives mit. Sie erinnerte

mich an Tessa, wie auch schon bei unserer ersten Begegnung. »Dann hoffe ich, es ist ein guter.«

»Ganz bestimmt!«

Das Bild, das ich von Ella gekauft hatte, stand neben dem Kamin auf dem Boden. Ich nahm mir vor, es über der Couch aufzuhängen. Etwas Persönliches von mir in dem Haus, in dem ich nun vorerst wohnen würde. »Übrigens bleibe ich für ein halbes Jahr auf Rügen, vielleicht auch länger.« Ich stellte mich ans Fenster und sah dem Spiel des Lichtes in den Blättern des Apfelbaumes zu.

»Schön! Dann könnten wir uns mal treffen. Nicht nur um zu malen, wenn du magst. Vielleicht einen Kaffee trinken, am Meer spazieren gehen ...«

»Hast du heute schon was vor?«, fragte ich. »Ich würde gern noch mal das gute Wetter ausnutzen und mich am Strand in die Sonne legen, bevor der Sommer sich verabschiedet.«

Mir stand der Sinn nach feinem Sand und einem Strandkorb. Wir einigten uns auf Binz.

Am Nachmittag stand ich wie verabredet vor der Seebrücke. Am Abend davor hattest du mich begleitet. Nun wartete ich auf Ella. Sie kam zehn Minuten zu spät, im Laufschritt mit zerzaustem Haar. Viele kleine Farbspritzer auf ihren Händen und Armen, die mir auffielen, als sie mich umarmte.

»Tut mir leid, ich war schon fast auf dem Weg, da kam noch eine Kundin.«

»Ich hoffe, du hast etwas verkauft.«

»Nur ein paar Postkarten.« Sie strahlte. »Aber dafür hat dein Anton sich für ein Bild entschieden.«

Ich konnte mir nicht vorstellen, für welches. Sie widersprachen alle deinem Kunstgeschmack, von dem du mir in Sassnitz erzählt hattest.

»Für das Restaurant«, sagte sie. »Eins meiner Wasserbilder. Vielleicht kommen noch mehr dazu.« Sie seufzte. »Aber jetzt lass uns erst mal zusehen, dass wir einen Strandkorb bekommen. Und dann ab ins kühle Nass. Ich war schon seit einer gefühlten Ewigkeit nicht mehr im Meer baden, obwohl es fast vor meiner Haustür liegt.«

Wir wählten einen der Strandkörbe in erster Reihe und breiteten unsere Handtücher davor aus. Kurz darauf standen wir uns in Badekleidung gegenüber. Ella trug einen knapp geschnittenen dunkelgrünen Bikini. Ich betrachtete sie schmunzelnd. »Wie hast du es geschafft, auch Brust und Bauch mit Farbe zu beklecksen?«

Sie sah an sich runter und grinste. »Mir war warm. Wollen wir?«

Stets ging ich bei Sonnenaufgang baden, seitdem ich auf Rügen war. Nackt. Nun stand die Sonne hoch am Himmel, ich trug den Badeanzug, den Tessa mir in Frankreich gekauft hatte. Wir hatten ihn in einer kleinen Boutique entdeckt, und sie hatte sich sofort verliebt. Da er ihr nicht passte, überredete sie mich, ihn anzuprobieren. Und während ich mich wieder umzog, bezahlte sie ihn still und heimlich. Er war viel zu teuer, für meinen Geschmack etwas zu auffällig in seinem Zebramuster und dem Schnitt, der an die Fünfziger erinnerte. Aber ich hatte mich von Tessas Begeisterung anstecken lassen und mich am nächsten Tag mit einem nicht weniger auffälligen Teil in Rot mit weißen Punkten für sie revanchiert.

Ella stand neben mir am Spülsaum. »Es ist immer wieder faszinierend, wie viele Farben das Meer uns zeigt«, sagte sie und sah zu mir. »Schön, dass du mich gefragt hast, ob ich dich begleite.«

Das fand ich auch.

Wir schwammen hinaus. Ich spürte die warmen Sonnenstrahlen auf meiner Haut. Und tief in mir Tessa, die wollen würde, dass es mir gut ging.

30.

Nach dem Bad ließen wir uns von der Sonne trocknen. Ich lag auf dem Rücken vor dem Strandkorb. Ella saß neben mir. Sie rieb ihre Haut mit dem feinen Sand ab.

»Das beste Mittel gegen Farbkleckse«, sagte sie und sah zu mir herunter. »Du hast einen schönen Körper, tolle weibliche Rundungen. Könntest du dir vorstellen, irgendwann mal Akt für mich zu stehen?«

Ich drehte mich zu ihr, den Ellenbogen auf das Handtuch und den Kopf in die Hand gestützt. »Ja.«

»Ich überlege, ob ich mein Angebot erweitere, Aktmalkurse oder auch bestimmte Techniken wie Aquarellmalerei ins Repertoire aufnehme. Aus finanziellen Gründen. Diesen Monat habe ich bisher ganze zwei Bilder verkauft. Eins an dich, eins an Anton Obermair.« Sie lächelte. »Magst du mir verraten, was es mit ihm auf sich hat?«

Die Zeit verging erzählend und zuhörend. Ich gab Ella einen Einblick in mein Leben, sie mir in ihres. Dass sie auf Rügen aufgewachsen war, die Insel nach der Schulzeit verlassen hatte, nach einigen Zwischenstationen in Bonn gestrandet war, dort geheiratet und sich wieder getrennt hatte und nach der nächsten gescheiterten Beziehung endlich an den Ort zurückgekehrt war, der immer ihre Heimat geblieben war, Rügen.

Zwischendurch schwammen wir im Meer, holten gekühlte Getränke und Eis. Am Abend aßen wir bei Fischer Kuse, einer Räucherei mit überdachtem Biergarten direkt am Strand, tranken alkoholfreies Inselbier gemischt mit Zitronenlimo und stellten fest, dass wir unser Treffen wiederholen sollten.

Um neun Uhr verabschiedeten wir uns voneinander, und ich fuhr nach Lohme. Diesmal hatte ich vorgesorgt. Im Baumarkt hatte ich verschiedene Hundeleckereien in den Einkaufswagen gepackt und einen Teil davon im Auto deponiert.

Sobald ich Marlenes Haushälfte betrat, raschelte ich mit der Tüte. Lotte kam schwanzwedelnd angeschossen. Sie war bestechlich.

Wir gingen am Wasser spazieren. Am Nachmittag hatte die Ostsee in einem kräftigen Türkis geleuchtet. Nun zeigte sie sich in einem samtigen Schwarz.

Vor dem Zubettgehen traf eine Nachricht von Ella bei mir ein. Sie bedankte sich für die schöne Zeit und freute sich auf eine baldige Wiederholung.

Zeilen, die ich mir von dir erhofft hatte.

Ich antwortete, dass es mir auch so ging. Und ich fragte mich, warum ich nicht auf die Idee gekommen war, ihr zuerst zu schreiben. Und warum ich dir nicht einfach eine Nachricht schickte, dir mitteilte, dass ich an dich dachte und mich auf dich freute. Doch lieber wartete ich.

Die Nacht verbrachte ich tief schlafend und wachte erst durch den Telefonwecker auf, den ich mir vorsichtshalber gestellt hatte. Nach dem morgendlichen Schwimmen duschte ich, ging mit Lotte raus, frühstückte. Dann holte ich Zettel und Stift.

Mit Listen hatte ich mich noch nie anfreunden können. Nun schien es mir notwendig, eine zu machen. Ich musste einen Nachsendeantrag stellen. Jemanden finden, der in Hamburg die Straße kehrte, Schnee schippte, wenn ich laut Hausordnung dran war. Es sei denn, ich entschied mich doch dazu, Thomas die Wohnung zu überlassen. Der Vorsorgetermin beim Zahnarzt musste verschoben werden, der bei meiner Gynäkologin. Die Winterreifen lagerten in der Autowerkstatt. Bald würde ich sie brauchen.

Es ergab Sinn, möglichst bald nach Hamburg zu fahren. Ich wollte auf Herbst und Winter vorbereitet sein, öffnete den Terminkalender auf meinem Telefon – und lächelte, als es in diesem Moment klingelte.

Das Warten hatte ein Ende. Du riefst an.

»Störe ich?«

»Nein.« Ich erzählte dir, dass ich recht bald noch einmal nach Hamburg wollte.

»Du könntest die Reifen auch einfach nach Rügen liefern lassen. In Bergen gibt es eine Vertragswerkstatt. Oder hast du sie in der Garage gelagert?«

So einfach war das. »Gute Idee!«

»Und wie sieht es aus, hast du nächste Woche Dienstag wieder Zeit? Um achtzehn Uhr.«

Was für eine Frage. »Ja gern. Wo?«

»Bei mir, wenn es dir recht ist. Wir essen eine Kleinigkeit, dann möchte ich dir etwas zeigen. Warst du schon mal in Dranske? Ich schicke dir die Adresse. Nicht wundern, das Navi führt dich nicht bis zu meinem Haus. Du kannst aber mit dem Wagen …«

Du hattest mich zu dir nach Hause eingeladen.

In diesem Moment war ich froh, dass wir uns hörten, aber nicht sahen. Meine Gefühle standen mir ins Gesicht geschrieben, hattest du in Binz festgestellt. Jetzt gerade könntest du aufgeregte Freude darin lesen.

Etwas davon nahm ich mit in das Gespräch, das ich kurz darauf mit Thomas führte. Ich bat ihn, mir die Sachen zu schicken, die ich auf Rügen benötigte. Eine Liste würde ich ihm zukommen lassen. Dafür könne er in der Wohnung bleiben, unter der Voraussetzung, dass mein Arbeitszimmer tabu sei, er sich um die Hausordnung kümmere und die Nebenkosten übernehme. Er schlug vor, mir die Sachen persönlich vorbeizubringen, was ich dankend ablehnte. Das Gespräch über das Scheitern unserer Ehe verschoben wir auf irgendwann später. Ich sagte ihm, wie es war. Dass es mir seit langer Zeit zum ersten Mal wieder gut ging und ich mich im Moment nicht mit der Vergangenheit auseinandersetzen wollte. Er hatte dafür Verständnis. Ich glaubte ihm, dass er sich für mich freute. Wir hatten uns auseinandergelebt, waren uns fremd, aber nicht feind geworden.

Die Freude blieb. Die nächsten Tage verbrachte ich gut gelaunt damit, mir die Insel genauer anzusehen. Ich machte einen Ausflug nach Sellin und nach Baabe, fuhr mit dem Ausflugsschiff zu den Kreidefelsen. Ging den Baumwipfelpfad, fuhr mit Marlene zum Einkaufen in die Poseritzer

Molkerei, danach bummelten wir durch Stralsund. Ich lud sie in Dahlmanns Bazar ein, zeigte ihr, wo ich dich das erste Mal getroffen hatte. Sie kaufte ein Buch, ich drei und eine Postkarte für Antje, bei der ich mich bisher noch nicht gemeldet hatte. Dazu cremeweißes Papier und einen Briefumschlag. Sie hatte mehr als ein paar Zeilen verdient. Auf dem Rückweg machten wir einen Abstecher zur Bronzeplastik, blickten auf die Gedenktafel. Marlene griff nach meiner Hand und drückte sie leicht.

Am Sonntagabend ließ ich mich von Marlene dazu hinreißen, einen kitschigen Film mit ihr anzuschauen, und fiel danach angetrunken ins Bett, weil sie mich mit Chartreuse bestochen hatte.

Den Montag verbrachte ich mit Lesen, schrieb den Brief an Antje, ging mit Lotte spazieren. Jede Minute war durchdrungen von Vorfreude.

Und dann kam der Dienstag.

31.

Ich war schon einmal in den Norden der Insel gefahren, gemeinsam mit Thomas. Er in der Hoffnung, dass wir uns näherkamen, ich mit dem Wunsch, endlich wieder etwas fühlen zu können. An dem Tag im März hatte ich allein sein wollen, Thomas hatte darauf bestanden, mich zu begleiten. Aus Sorge um mich. In Glowe hatten wir Lotte am Hundestrand toben lassen. Später hatten wir in einer Parkbucht am Kiefernwald in der Schaabe gehalten, weil ich plötzlich angefangen hatte zu weinen.

Nun fuhr ich zu dir und dachte an Thomas.

An den Spaziergang durch die hohe mit Strandhafer bewachsene Küstendüne, Hand in Hand. Und an Lotte, die plötzlich davongeprescht war, weil sie einen Fasan entdeckt hatte, der laut schimpfend fortflog. Thomas, der hinter ihr herrannte, sein glückliches Gesicht, als er mit der Ausreißerin zurückkam. Später hatten wir uns das Fischerdörfchen Vitt angesehen, waren von dort bis nach Kap Arkona gegangen und hatten den Leuchtturm besichtigt. Und wieder war ich in Tränen ausgebrochen. Weil Tessa mir so sehr gefehlt hatte. Die Schwere der Trauer hatte nicht nur mich, sie hatte auch Thomas erdrückt. Am nächsten Tag war ich allein nach Sassnitz gefahren. Dort war ich dir das erste Mal begegnet.

Was wäre passiert, wenn ich dir nicht den Kaffee über das Hemd geschüttet hätte? Hätten Thomas und ich wieder zusammengefunden? Hätte er mir von seiner Affäre erzählt? Hätte ich ihm den Betrug verzeihen, es irgendwann vergessen können?

Ich fuhr durch Altenkirchen, wo die Straße sich gabelte. Die eine Richtung führte nach Kap Arkona, ich wählte die andere, zu dir.

Thomas ließ ich hinter mir, in dem Wunsch, die schönen Momente mit ihm in mir festzuhalten.

Noch neun Kilometer, zehn Minuten. Den ganzen Tag hatte ich mit Nachdenken verbracht. Mitten in der Nacht hatte es begonnen. Um vier Uhr war ich aufgewacht und hatte nicht wieder in den Schlaf gefunden. Tausende Gedanken waren mir durch den Kopf gegangen. Ob ich das gelbe Kleid oder doch lieber ein schlichtes Shirt und Jeans anziehen sollte. Ob ich tatsächlich den Shiraz mitbringen oder doch einen Amarone besorgen sollte. Ob Marlene Hefe hatte, damit ich Grissini backen konnte, und ob du dich darüber freuen würdest. Ich war aufgestanden, nach unten gegangen, hatte Kaffee gekocht, gelesen, was ich in den letzten Wochen geschrieben, was ich in den Nächten mit dir erlebt hatte. Ich hatte den Mann aus meinen Träumen lebendig werden lassen.

Auch den Rest des Tages waren meine Gedanken um dich gekreist. Beim Schwimmen mit Marlene, beim anschließenden Backen der Grissini, beim Versuch, eines der neuen Bücher zu lesen.

Und nun war ich fast bei dir.

Ich bog, wie du mir erklärt hattest, in den Schotterweg ein, den das Navi nicht ansagte, vorbei an Kiefern, ein paar Birken, Wiese. Meinen Wagen parkte ich am Wegrand, direkt vor dem Haus.

Es stand für sich allein.

Gutes Design ist so wenig Design wie möglich, hattest du gesagt.

Lächelnd betrachtete ich den Holzkubus mit den exakt gegenüberliegend angeordneten Fenstern im oberen Stockwerk. Man konnte durch das Haus hindurchschauen. Es passte zu dir.

Ich griff nach dem Korb auf der Rückbank, strich das Kleid glatt und sah dich in der Tür deines Hauses stehen, die Hände tief in den Taschen deiner beigefarbenen Hose vergraben.

»Du hast mich gefunden«, sagtest du.

»Diesmal war es ganz einfach«, antwortete ich.

»Bitte schön.« Du machtest eine einladende Handbewegung.

In deinem Haus gab es keinen Flur. Mit dem ersten Schritt stand ich im Wohnzimmer, an das sich rechts eine offene Küche anschloss. In die Mitte des hohen Raumes hattest du einen schwereren dunklen Eichentisch platziert, darüber hing ein großer Kristallkronleuchter. Er reflektierte das warme Licht der durch die Fensterfront einfallenden Strahlen der Abendsonne. An der Wand rechts davon hattest du ein niedriges Sideboard und darauf ein großes Gemälde gestellt. Beige, ein breiter Streifen Ocker, durchbrochen von hellem Blau.

»Schön«, sagte ich.

»Es ist dir nicht zu geradlinig?«

»Es ist schön«, wiederholte ich. »Und es passt farblich zu deiner Kleidung.« Die kleine Spitze konnte ich mir nicht verkneifen.

Du legtest lächelnd deine Hand auf deine Brust. »Heute in Hellblau.«

Ich gab dir den Korb. »Aus Traum Nummer zwei.«

»Vielen Dank.« Du deutetest mit dem Kopf zur Küche. »Das Essen ist gleich fertig. Ich habe uns ein bisschen was zusammengekocht. Willst du dich schon setzen? Darf ich dir ein Getränk anbieten?«

»Ein Wasser bitte.«

Du nicktest und gingst in die Küche.

»Und ich würde gern einen Blick nach draußen werfen, wenn ich darf.«

Zum Garten hin hatte das Haus keine Wand, die ganze Front bestand aus Glas. Dahinter schlossen sich nahtlos ein großes Wiesengrundstück und einige Kiefern sowie Büsche an – und in der Ferne die Ostsee. Was für ein Ausblick!

Eine streunende Katze lenkte meine Aufmerksamkeit auf sich. Sie schlich durch das Gras auf den Baum zu, der links auf dem Grundstück stand, und huschte den Stamm hinauf. Ein paar Vögel flatterten davon, gelbe Blätter fielen herab. Eine Linde, dachte ich. Und dass Marlene recht hatte. Noch hatten wir Sommer, aber der Herbst stand vor der Tür. Am hohen Zaun entlang hattest du große Rosmarinbüsche, Lavendel und Thymian gepflanzt. Auf Obststräucher oder Beete hattest du verzichtet, dich auf das Wesentliche beschränkt.

So auch beim Essen. Das Risotto, das du »zusammengekocht« hattest, serviertest du auf schlichten weißen Tellern.

Es schmeckte köstlich.

»Carnaroli-Reis, Weißwein, Spargel, Flusskrebse, hausgekochte Brühe, Pfeffer, Salz und der frisch gepresste Saft einer halben Yuzu.« Einer hocharomatischen Zitrusfrucht, wie du mir erklärtest, und von der ich bisher noch nie gehört hatte.

Zum Dessert serviertest du Espresso und dazu Gâteau Breton, einen salzig-buttrigen Mürbeteigkuchen, den Armand, dein französischer Küchenchef, gebacken hatte. Ich erzählte dir von Cavalaire-sur-Mer, meinen französischen Wurzeln von meinem Vater und von dem Baudelaire, den ich demnächst übersetzen würde. Dass ich mich ganz der Illusion hingeben würde, ihm meine Stimme zu leihen. Dabei sei es ganz allein seine. *»N'oubliez jamais, que la plus belle des ruses du diable est de vous persuader qu'il n'existe pas. Vergesst nie, dass der schönste Trick des Teufels darin besteht, euch einzureden, dass er nicht existiert.«*

»Wie klingt deine eigene Stimme?«, fragtest du.

»Ich könnte dir etwas vorlesen«, antwortete ich. Die Schachtel mit den Träumen hatte ich mitgenommen. Sie lag im Auto. »Aber ich weiß nicht, ob ich mich traue. Vielleicht müsste ich vorher etwas Wein trinken, bin mir aber nicht sicher, ob ein Glas reicht. Und ich muss noch fahren.«

»Ich habe ein Gästezimmer.« Du sahst nach draußen. »Hast du Lust auf einen Spaziergang?«

»Sehr gern.«

»Ich möchte dir etwas zeigen. Ich glaube, du wirst es

mögen.« Du nicktest. »Wir nehmen den Shiraz mit. Und wenn wir ihn getrunken haben, magst du mir vielleicht vorlesen.«

32.

»Ist es weit?«, fragte ich. »Dann würde ich die Sandalen gegen Sneaker tauschen.«

»Mach das. Es sind nur ein paar Minuten, aber der Weg ist holprig. Hast du auch eine Jacke dabei? Es ist windig, die Abende werden kühler.«

»Leider nicht.«

»Du bekommst eine von mir.«

Ich ging zu meinem Wagen, wechselte die Schuhe und wartete auf dich.

Du kamst und brachtest eine graue Strickjacke mit.

»Sie dürfte etwas zu groß sein, aber sie hält warm«, sagtest du.

Ich dachte an meinen ersten Traum und daran, dass ich dir davon erzählt, aber nicht erwähnt hatte, was ich darin trug.

Du schienst die kleinste Gefühlsregung in meinem Gesicht lesen zu können.

»Ist etwas nicht in Ordnung?«

Es war nur eine Jacke wie tausend andere. »Sie erinnert mich an die, die ich in meinem ersten Traum anhatte.«

Dein Blick war ernst. »Das bedeutet wohl, dass du sie behalten solltest. Ich schenke sie dir.«

Ich band sie mir um die Hüfte. »Wir sollten aufpassen, dass wir nicht irgendwo ausrutschen«, scherzte ich. »Es liegt kein Schnee, der den Shiraz retten würde.«

Du hattest die Gläser und Servietten zu dem Wein und den Grissini in den Korb gepackt. Unter den Arm hattest du zwei Handtücher geklemmt. Ich nahm sie dir ab, holte eine große Stofftasche aus dem Auto und legte sie hinein. Obendrauf die Schachtel mit den Träumen.

Der Weg führte uns hinter deinem Haus zu einer steilen Treppe, die am Ufer und dem unberührten Naturstrand endete. Mit seinem Mix aus Steinen, Sand und Muscheln erinnerte er an den in Lohme. Wir liefen ein paar Minuten, bis wir vor zwei Buhnen in X-Form an einem etwas breiteren Strandstück Halt machten.

»Dahinter liegt Hiddensee«, sagtest du.

War es das, was du mir zeigen wolltest? Zwei ungewöhnlich verlaufende Buhnen, die sich kreuzten, anstatt parallel zu verlaufen. Oder die Insel in der Ferne? Die Sicht war klar, ich konnte deutlich den Leuchtturm darauf erkennen.

»Warte ab«, sagtest du und breitetest die Handtücher nebeneinander im Sand aus.

Ich setzte mich im Schneidersitz und legte deine Strickjacke über meinen Schoß. Du hattest deine Beine lang ausgestreckt. Zwischen uns stand der Korb.

»Jetzt ein Glas Wein?« Du öffnetest die Flasche.

Wir tranken. Ich fragte dich nach Graz. Und diesmal warst du derjenige, der erzählte. Du warst schon früh von dort weggezogen und nach Wien zum Studieren gegangen, danach nach Frankfurt.

Dein Studiengang überraschte mich, mit Jura hatte ich nicht gerechnet.

»Was hast du gedacht?«

»Ehrlich gesagt habe ich mir bisher darüber gar keine Gedanken gemacht«, antwortete ich. »Was muss man wissen, um ein Restaurant zu führen?«

»Dass du mit ihm verheiratet sein wirst.«

»Bist du es?«

»Das bin ich immer, wenn ich mich für ein Projekt entscheide. Alles andere würde keinen Sinn ergeben.« Du hast den Shiraz im Glas geschwenkt. »Er ist gut. Fruchtig. Erinnert an Pflaume, aber auch an Schokolade.« Du nahmst noch einen Schluck. »Waldboden.«

»Den kann man schmecken?« Ich trank und behielt den Shiraz einen Augenblick im Mund, bevor ich schluckte. »Kirsche«, stellte ich fest. »Hast du mal als Jurist gearbeitet?«

»Eine Zeit lang, im Betrieb meines Vaters. Es war ein Fehler. Noch einen Schluck Wein?«

Ich nickte, du schenktest nach, ich holte die Schachtel aus der Tasche und den ersten Traum. Die Sonne begann bereits unterzugehen. Wenn ich noch viel länger wartete, würde ich keinen Buchstaben erkennen.

Du hast dich nach hinten gelehnt und dich mit den Händen abgestützt.

»*Durch den frostigen Apfelbaum vor meinem Fenster hat sich die Wintersonne ihren Weg in mein Arbeitszimmer gebahnt …*«, las ich.

Mit geschlossenen Augen hörtest du zu. Auch als ich

den nächsten Traum vorlas. Ab und an sah ich zu dir hinüber, freute mich über dein stilles Lächeln. Auch als ich dir vorlas, wie deine Hände über meinen Rücken strichen.

»Das ist gut«, sagtest du, als ich den Bogen Papier zurück in die Schachtel legte. »Wie eine Melodie, die nachklingt.«

»Möchtest du auch noch den nächsten hören?«, fragte ich, etwas enttäuscht, da du nicht auf den Inhalt eingegangen warst. Und dann sah ich es.

Am Himmel war der Mond aufgegangen. Und daneben ging die Sonne unter.

»Das gibt's ja nicht.« Fasziniert beobachtete ich das Schauspiel, das sich uns bot. »Wie ist das möglich?«

»Die Erdatmosphäre bricht das Licht der Himmelskörper. Dadurch scheint die Sonne am Himmel zu stehen, obwohl sie schon hinter dem Horizont untergegangen ist«, erklärtest du. »Ähnlich verhält es sich mit dem Mond. Er leuchtet bereits am Himmel, obwohl er noch unter dem Horizont verborgen ist. Das wollte ich dir zeigen.«

»Wunderschön.«

»Es hat mich an dich erinnert.« Deine Stimme klang ernst. Du sahst mich über das Weinglas hinweg an, trankst einen Schluck, dann blicktest du wieder zu mir.

Etwas hattest du auf dem Herzen, ich spürte, dass du mit dir kämpftest, mir etwas sagen wolltest. Ich war mir sicher, es hatte mit den Zeilen zu tun, die ich dir vorgelesen hatte. »Was ist los?«

»Du suchst etwas in mir, das ich dir niemals geben werde.«

Ich ahnte, worauf es hinauslaufen würde. »Was suche ich?«

»Nähe.« Du richtetest dich auf und sahst mir jetzt direkt in die Augen. »Ich bin immer für klare Worte, Sophie. Ich mag dich. Ich mag alles an dir. Dass du fröhlich sein kannst, obwohl du traurig bist. Dass du Leichtigkeit ausstrahlst, obwohl du es schwer hast. Dass du erst an andere denkst, obwohl du zuerst an dich denken solltest.« Nun lächeltest du wieder. »Ich war vom ersten Augenblick an fasziniert von dir. Von der Selbstverständlichkeit, mit der du mir im Restaurant deine Telefonnummer aufgeschrieben hattest, ohne dabei aufdringlich zu wirken. Von der stillen, aber nachdrücklichen Art, mit der du mich in Sassnitz darauf hingewiesen hast, wie unhöflich ich war, da ich die Uhr nicht aus den Augen lassen konnte. Von deiner Stärke, dich verletzlich zu zeigen. Und auch wenn ich zugeben muss, dass ich mir in stillen Momenten gewünscht habe, ich könnte es tatsächlich genießen, so wird es niemals passieren, dass wir uns körperlich näherkommen. Ich werde niemals über deinen nackten Rücken streichen. Das hat nichts mit dir zu tun. Ich habe schlicht kein Bedürfnis nach Nähe. Das hatte ich noch nie.«

Da war so viel Schönes in dem, was du gesagt hattest. Ich suchte nach den richtigen Worten, doch du kamst mir zuvor. »Jetzt denkst du an die Alarmglocken und dass du doch Reißaus hättest nehmen sollen.«

»Nein«, erwiderte ich. »Jetzt denke ich darüber nach, wie ich dich retten kann. Du hättest nicht erwähnen dürfen, dass du es dir in stillen Momenten gewünscht hast.«

Dein lautes befreites Lachen fand seinen Weg direkt in mein Herz.

»Nähe hat für mich nicht in erster Linie etwas mit körperlicher Berührung zu tun. Ich kann dir auch so nah sein.« Ich hielt dir wortlos mein Glas hin, du schüttetest ein. »Übrigens fällt mir gerade auf, dass ich dich in meinen Träumen tatsächlich nie berührt habe. Wenn, hast du nach meiner Hand gegriffen, mir eine Haarsträhne aus dem Gesicht gestrichen, eine Träne weggewischt.«

»Ich sagte doch. Du bist eine gute Beobachterin.« Du zeigtest auf die Schachtel. »Liest du mir noch etwas vor?«

Der Vollmond spendete genügend Licht, doch ich schüttelte den Kopf. »Nicht heute. Was hältst du von der nächsten Woche? Gleicher Tag, gleiche Uhrzeit? Diesmal bei mir.«

»Das nennt man Bestechung.« Du riebst dir über das Kinn und schautest mich dabei schmunzelnd an. »Aber ja, ich nehme die Einladung gern an.«

Wir tranken den Shiraz aus. Unser Gespräch war leichter geworden, unbeschwerter. Da fragtest du: »Du hast erzählt, du bist getrennt. Was ist passiert?«

Der Wein hatte meine Zunge gelockert. »Plötzlich warst du da«, sagte ich. »Bist über die Hundeleine gestolpert. Ich hatte dir den Kaffee über das Hemd geschüttet, und du hattest dich bei mir entschuldigt, obwohl ich diejenige gewesen war, die nicht aufgepasst hatte. Dann bist du zur Tür hinausgegangen. Der Klang deiner Stimme ist mir im Ohr geblieben. Wochen später habe ich angefangen, von dir zu träumen. Dadurch ist mir klar geworden, wie sehr ich mich von Thomas entfernt habe. Wie fremd wir uns geworden sind. Doch als ich darüber nachgedacht habe, die Ehe zu retten, hat er sich von mir getrennt. Er hatte sich zu dem Zeitpunkt schon in eine andere Frau verliebt. Ich bin nach Rügen gekommen, um dich zu suchen. Dabei habe ich Marlene gefunden, Ella, dich – und mich.«

Es war ein schöner Abend, dieser Abend am Meer mit dir. Auf dem Rückweg wickelte ich deine Strickjacke fest um meinen Körper. Wir gingen bei Vollmond den Spülsaum entlang in Richtung deines Hauses, bekamen plötzlich Hunger, aßen die Grissini, die wir bisher nicht angerührt hatten. Ich war etwas wacklig auf den Beinen, der Shiraz zeigte seine Wirkung. Als ich über einen größeren Kiesel stolperte, hieltest du mich fest, legtest kurz deinen Arm um meine Taille. Das zweite Mal, dass wir uns berührt hatten.

Auch wenn ich keine körperliche Nähe gesucht hatte, hieß das nicht, dass ich sie nicht genießen konnte. Aber ich wusste, dass ich dich dich sein lassen musste.

Um kurz nach Mitternacht gingen wir zu Bett. Ich hatte Marlene geschrieben, dass ich bei dir übernachtete, und sie hatte mit *Wie schön* geantwortet.

Das war es. Der Vollmond schien in mein Zimmer. Ich wusste, dass du nebenan schliefst. Dass es dich wirklich gab. In meinen Gedanken strichst du mit den Fingerspitzen die Wirbelsäule entlang. Es würde eine Weile dauern, bis das nicht mehr geschähe.

33.

Nach und nach verfärbten sich die Blätter des Apfelbaumes und fielen ab. Die reifen Äpfel leuchteten in einem satten Gelb mit rostroten Flecken. Wir kochten Unmengen Mus ein, backten Kuchen, pressten Saft aus dem Fallobst. Ich übersetzte den Baudelaire, den ich mir vom Verlag als digitale Version hatte zukommen lassen. Zu groß war mir das Risiko, die Originalausgabe könnte in der Paketpost verloren gehen, die Thomas mir schickte. Ich kam gut voran, meine Finger flogen über die Tastatur. Mein Leben lief in geregelten Bahnen. Morgens aufstehen, schwimmen, mit Lotte spazieren gehen, übersetzen, Marlene bei den Arbeiten rund um das Haus helfen. Rasen mähen, Rosen schneiden, Holz hacken. Die Fasssauna wurde geliefert. Wir freuten uns wie Kinder, feuerten sie fast jeden Tag an. Hin und wieder besuchte ich Ella. Und sie besuchte mich. Ich stand für sie Akt, malte mein erstes Bild, das nach Kunst aussah. Sie schwitzte hin und wieder mit uns in der Sauna. Wir gingen ins Kino, und Ella brachte Freunde mit. Mein Bekanntenkreis erweiterte sich.

Die Dienstagabende jedoch gehörten uns, sie waren

mir heilig. Ich las dir meine Träume vor, denen du aufmerksam folgtest, stets mit einem leichten Lächeln. Es gefiel dir, dass du die Hauptfigur darin spieltest, wie du mir augenzwinkernd verraten hattest. Zumal du eine sehr sympathische Rolle innehattest. Schon als Kind hattest du die Hoffnung aufgegeben, irgendwann mal Ritter zu sein. Nun warst du es. Wenn auch nur in der Nacht.

Mitte November fuhrst du für zwei Wochen nach Frankreich. Ich vermisste dich. Und freute mich darauf, dich Anfang Dezember wiederzusehen. Da du dein Restaurant für eine längere Winterpause geschlossen hattest und deine Zeit freier planen konntest, trafen wir uns am Sonntag. Es war der erste Advent und ungewöhnlich warm.

Du kamst am Nachmittag zu mir. Ich hatte eine Apfelgalette gebacken, die ich mit einem Klecks Sahne servieren wollte. Du brachtest eine Kiste Financiers mit. Obwohl wir uns erst wenige Monate im echten Leben kannten, bemerkte ich die Veränderung in dir. Der Klang deiner Stimme war weicher geworden, behutsamer. Ich schaffte es, zu warten, bis wir das erste Stück Kuchen gegessen hatten. Dann fragte ich dich. »Willst du mir erzählen, was dich beschäftigt?«

Deine Stirn legte sich in Falten. »Ich habe mich dazu entschieden, nach Quiberon zu gehen, Sophie, um dort ein Restaurant zu übernehmen. Direkt an der Küste. Armands Onkel gibt es auf. Es ist eine einmalige Gelegenheit …«

Deine Antwort versetzte mir einen so unerwarteten heftigen Stich ins Herz, dass mir die Luft wegblieb. Damit hatte ich nicht gerechnet.

»Sophie …« Du legtest deine Hand auf meinen Arm und zogst sie wieder weg, schautest mich sorgenvoll an.

»Wann?«, fragte ich.

»Anfang des Jahres.«

»Nimm mich mit!« Schon in dem Moment, als ich es aussprach, klang es falsch. Ich sah hinaus in den Garten. Das konnte, das wollte ich Marlene nicht antun. Außerdem fühlte ich mich wohl hier. Ich hatte eine Heimat gefunden, Freunde. »Gib mir bitte einen Moment, um das zu verdauen.«

Du wartetest still.

Wieder wurde ich verlassen, hatte ich das Gefühl, dass der Riss in der Wand ein wenig länger wurde, tiefer. Aber diesmal wollte ich es nicht zulassen.

»Das Wichtigste ist, wir verlieren uns nicht für immer«, sagte ich schließlich.

»Versprochen.«

Ein Wort mit einer großen Bedeutung.

»Quiberon klingt gut. Ich freue mich für dich. Du wolltest immer ans echte Meer.« Ich atmete tief durch. »Erzähl. Ich will alles wissen. Wo genau liegt das Restaurant. Wie groß ist es? Wann genau willst du eröffnen? Was passiert mit dem Restaurant in Lauterbach, was mit deinem Haus?«

Du antwortetest vorerst nicht auf meine Fragen. Stattdessen lächeltest du. »Habe ich dir schon gesagt, dass ich dich hinreißend finde? Ich kenne keine Frau, die so traurigfroh sein kann wie du.«

Wie viel Kraft mich das kostete, in allem etwas Positives zu sehen.

Der Dezember verging viel zu schnell.

Die Feiertage verbrachte ich mit Marlene. Du kamst zu Besuch, Ella. Den Silvesterabend wolltest du traditionell allein verbringen, mit einer Flasche Wein, gutem Essen und mit deinen Schallplatten. Ich feierte gemütlich mit Marlene, Lotte und Fondue. Drei Tage später traf ich dich das letzte Mal in diesem Jahr, an einem Dienstag. »Du weißt, wo du mich findest«, sagtest du.

34.

Mitte Januar war der Winter plötzlich da. In der Nacht hatte er eine weiße Spur über die Insel gelegt. Ich hatte die Baudelaire-Übersetzung gerade beendet und eine neue Anfrage für eines seiner weiteren Werke bekommen. Aber ich konnte mich nicht dazu entschließen zuzusagen. Etwas fehlte mir. Du warst es nicht, auch wenn ich dich schmerzlich vermisste, obwohl du erst zehn Tage weg warst.

Ich hatte keinen Antrieb zu arbeiten.

Irgendwo in der Nähe schippte ein Nachbar Schnee. Das kratzende Geräusch war unverkennbar. Ich kochte Kaffee und setzte mich mit der Tasse an den Tisch. Die Ärmel der viel zu großen grauen Strickjacke, die du mir geschenkt hattest, hatte ich hochgeschoben. Unschlüssig klappte ich das Notebook auf. Und dann fiel mir plötzlich der Traum ein. Wie ich am Schreibtisch saß, du zu mir kamst und mich fragtest, wie ich vorankam.

Im echten Leben hattest du später wissen wollen, welchen Text ich dabei übersetzt hatte. Und ich konnte mich nicht daran erinnern. Jetzt wusste ich es!

Wie eine Melodie, die nachklingt …

Im Traum hatte ich längst meine eigene Stimme gefunden.

Mit klopfendem Herzen griff ich zu Füllfederhalter und Papier, schrieb die ersten Worte, strich sie wieder durch. Aber was mir in der Nacht spielend leichtgefallen war, gelang mir am Tag nicht. Die Worte steckten in mir fest. Ich konnte mich nicht entscheiden, wie ich erzählen wollte. Ob in der Gegenwart oder in der Vergangenheit. Wo begann ich? Mit Tessas Tod, dem meines Vaters, mit der Reise nach Rügen? Eine halbe Stunde später hatte ich etliche Bögen Papier zerknüllt, die Tasse Kaffee war mittlerweile kalt geworden. Ich bereitete mir eine neue zu, setzte mich wieder, blickte auf den Stapel Bücher, den ich mir gekauft hatte, und dachte an meinen Vater. »*Du musst nur an dich glauben, Sophie. So wie ich an dich glaube*«, hörte ich ihn sagen.

Und dann dein Bild vor meinen Augen, dein aufmerksamer Blick, wenn du mir zuhörtest.

Plötzlich wusste ich, dass ich meine Worte an dich richten musste, um die Geschichte erzählen zu können. Unsere Geschichte.

Ich füllte Seite für Seite mit Buchstaben, verband sie zu Wörtern und ließ sie lebendig werden. So hatte mein Vater mir das Lesen beigebracht hatte, und so schrieb ich.

Jeden Dienstag riefst du mich an. Und jedes Mal freute ich mich darüber, deine Stimme zu hören.

»Wie geht es dir, Sophie? Was gibt es Neues?«

Unbemerkt hattest du Verantwortung übernommen. Du bliebst mir nah, obwohl du eintausendsiebenhundert Kilometer von mir entfernt warst. Dass ich unsere Geschichte schrieb, behielt ich für mich. Es fiel mir schwer, nicht mit dir darüber zu sprechen. Aber ich wollte dich damit überraschen. Ich weihte Marlene ein, die manchmal in der Tür stand, mich daran erinnerte, etwas zu trinken, oder mir frisch gebackenes Brot vorbeibrachte, dick mit Butter beschmiert und Meersalz bestreut. Ich erzählte Ella davon, der ich die ersten Seiten zu lesen gab und die mir dann weinend um den Hals fiel. Ich hatte Platz für sie in meinem Herzen gemacht. Sie war mir wichtig geworden.

Es wurde Februar. An Tessas Todestag rief ich Antje an. Wir weinten miteinander. Die Zeit hatte die Wunde nicht geheilt, aber ich hatte gelernt, ohne meine Freundin zu leben, auch wenn Tessa mir schmerzlich fehlte. Wie auch mein Vater.

Im Frühling machten wir Pläne, Marlene und ich. Sie schlug vor, ein Gartenhaus zu bauen, in dem ich schreiben könnte, mit genügend Platz für meine Bücher. Ein kleines Haus am Meer, nur für mich. Zum Schreiben. Für immer. Es fühlte sich richtig an.

Thomas hatte sich neu verliebt. Er zog zu ihr. Ich freute mich für ihn und traf den Entschluss, meine Wohnung zu verkaufen. Es würde einiges an Arbeit auf mich zukommen.

In der Geschichte, die ich schrieb, hatte ich mich gerade von dir verabschiedet.

Ich freute mich darauf, sie dir bald zu schicken. Und ich war traurig, weil ich dein Gesicht nicht sehen konnte, wenn du darin last.

Traurigfroh.

Es war Anfang April, ich fuhr nach Sassnitz, hatte plötzlich Lust auf eine Tasse Kaffee. Lotte nahm ich mit.

Wie immer führte mich mein Weg zuerst zu den Büchern. Eins fiel mir sofort ins Auge. Es lag auf dem Tisch, den Katarina den Werken über die Insel widmete. Auf dem Cover zwei Fischer mit zerfurchten Gesichtern. Sie schienen mich direkt anzusehen, als wollten sie mir etwas erzählen. Ich schlug das Buch auf. An Robert hatte ich all die Wochen nicht mehr gedacht.

»Dein Blick erzählt eine Geschichte«, hatte er zu mir gesagt. Und so auch in denen der Menschen, die er in seinem Buch abgelichtet hatte.

Ich kaufte es, setzte mich damit ans Fenster. Katarina brachte mir einen Kaffee, dazu zwei Trüffelpralinen. Für Lotte einen Napf Wasser. Sie erzählte, dass sie im Mai nach Quiberon fahren würde, und fragte, ob ich nicht Lust hätte, sie zu begleiten.

»Lieb, dass du an mich denkst. Das geht aber leider nicht«, sagte ich. »In zwei Wochen beginnen die Handwerker mit dem Bau des Häuschens. Danach muss ich meine Wohnung in Hamburg auflösen und die Sachen nach Rügen bringen. Ich habe jede Menge zu tun. Leider.«

Ich mochte sie. Ihre herzliche, fürsorgliche Art, die sie auch im echten Leben lebte.

Wir wechselten noch ein paar Worte, sie ging zum nächsten Gast. Ich versank in Roberts Buch.

Lotte machte mich mit ihrem Schwanzwedeln darauf aufmerksam, dass wir Besuch bekommen hatten.

Es war Robert.

»Und, wie gefällt dir der Band?«, fragte er.

»Jedes Bild erzählt eine Geschichte. Für mich sind die Fotos perfekt«, antwortete ich und bot ihm den freien Stuhl an.

Er kraulte Lotte, dann setzte er sich.

»Es tut mir leid.« Ich lächelte verlegen. »Du hast mir damals deine Visitenkarte gegeben und ich hatte vorgehabt, mich bei dir zu melden. Ehrlich gesagt, habe ich es vergessen.«

»Das ist schade«, sagte er. »Da warten noch immer ein paar schöne Fotos auf dich.«

»Kann ich es wiedergutmachen?«, fragte ich. »Vielleicht mit einer Tasse Kaffee?«

Ein Jahr später

Ich streiche über den Einband des Buches, das vor mir liegt. Noch immer kann ich es nicht fassen, fühle ich mich wie im Traum. Aber es ist das echte Leben.

Du bist noch nicht da. Der Platz zwischen Ella und Marlene ist leer.

»Bist du sehr aufgeregt?«, fragt Robert.

»Ja«, antworte ich.

Er zieht mich in seine Arme und hält mich fest. »Du schaffst das.«

»Noch zehn Minuten. Ungewöhnlich für Anton, dass er noch nicht da ist«, sage ich.

»Er wird kommen.«

»Ja, ich weiß.« Ich löse mich von ihm und greife nach dem Buch.

»Ich bin ganz in deiner Nähe.«

Er setzt sich neben Ella.

Plötzlich ist da ein leichter Sog, kaum wahrnehmbar, aber ich kann ihn spüren. Ich drehe mich um. Und schaue direkt in deine Augen. Du stehst draußen auf dem Kopfsteinpflaster. In der einen Hand hältst du einen riesigen Strauß bunter Blumen, in der anderen eine Flasche Wein.

Dann kommst du in das Café. Mit langen ruhigen Schritten gehst du durch den Raum, setzt dich auf deinen Platz und lächelst mich an.

Katarina steht jetzt neben mir, begrüßt die anwesenden Gäste und stellt mich vor.

Mein Blick schweift über die Menschen, die in der ersten Reihe nebeneinandersitzen. Marlene, Ella, Robert und du. Die Liebe hat viele Gesichter.

Es ist so weit.

»Das Buch ist für dich«, sage ich und beginne zu lesen.

Danksagung

Das Wichtigste kommt immer zuerst. Und zum Schluss.

Jürgen Welte
Lieber Jürgen, du hast mehr an mich geglaubt als ich selbst. Danke für dein Vertrauen. Dafür, dass du mit mir den Gordischen Knoten entwirrt und mich zu diesem Buch motiviert hast. Du hast mich gefragt, was ich wirklich will. Ich weiß es jetzt. Ich freue mich auf hoffentlich noch sehr viele Bücher mit dir.

Dr. John Zhou
Lieber John, plötzlich warst du da, wolltest mir etwas Gutes tun, obwohl wir uns kaum kannten. Zwischen Qigong und Akupunktur hast du mir geholfen, wieder zu mir zu finden, Kraft zu tanken. Danke, dass du für mich da warst, bist.

Fanu Basdemir und Ernst Exter
Liebe Fanu, lieber Ernst. Mit euch hatte ich nicht gerechnet. Ich wollte beim Fasten für mich sein. Und dann habt

ihr euch im Suppenraum zu mir gesetzt. Selten habe ich so viel gelacht, lange nicht mehr so viel Spaß gehabt. Danke, dass ihr mich gefunden habt. Ich hoffe, wir sehen uns bald wieder.

Frieda Lamberti
Meine Lieblingskollegin. Du hast recht. Etwas Gutes hat dieses nicht einfache Jahr gehabt. Wir beide haben uns gefunden. Schön, dass wir jetzt Verlagskolleginnen sind. Ich freue mich auf dein Buch! Und auf viele weitere inspirierende Stunden mit dir.

Meine Testlesegruppe
Ihr Lieben, ich danke euch für eure Motivation, fürs Mutmachen, fürs kritische Lesen meiner Texte. Wann und wo treffen wir uns, damit wir uns alle endlich persönlich kennenlernen?

Anne Schünemann
Liebe Anne, danke, dass du mich in den Anfängen des Schreibprozesses begleitet hast. Du hast mit mir an Sätzen, einzelnen Worten gefeilt und mich durch deine Freude und positive Einstellung motiviert. Ich bin gespannt, wie dir der Teil des Buches gefällt, den du noch nicht kennst.

Bastian Schlück
Lieber Bastian, ich werde oft gefragt, wie viele Bücher ich schon geschrieben habe. Und jedes Mal aufs Neue fange ich wieder an zu zählen. Ich weiß aber sicher, dass du mich bei jedem Buch begleitet hast. Danke dafür.

Zum guten Schluss: Christin-Marie Below und Daniel Wehnhardt

Ihr beiden, wie schön, dass wir den gleichen Beruf haben. Bücher schreiben. Dass wir uns gegenseitig dabei helfen, bedeutet mir sehr viel. Irgendwann ist kein Platz mehr in unserem Familienbücherregal. Dann bauen wir einfach ein neues.

Liebe Lizzy, ich wollte dir immer ein Vorbild sein. Heute bist du meins. Ich freue mich auf unseren Mutter-Tochter-Roman, den wir hoffentlich bald schreiben.

Quellen

Seite 35: Zitat von Natsu Miyashita, Der Klang der Wälder, Insel Verlag, 2. Auflage, Februar 2021

Seite 50: Zitat von Honoré der Balzac, Gesammelte Werke, Romane und Geschichten, Null Papier Verlag, 2. Auflage 2020

Seite 60: Zitat von Christian Morgenstern, Die Möwen sehen alle aus, als ob sie Emma hießen, Gedichte, insel taschenbuch, 4. Auflage, Juli 2012